我在苏黎世等风也等你
（简体字版）

Love in Switzerland (A novel in simplified Chinese characters)

B杜

British Library Cataloguing-in-Publication Data. A CIP catalogue record for this book is available from the British Library.

ISBN 978-1-913080-51-8 (ebook)
ISBN 978-1-913080-50-1 (print)

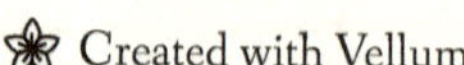 Created with Vellum

For my Family

第一章/居住在瑞士的姑姑

你没有察觉到的事情或许会变成你的"命运"。

—荣格（瑞士心理学家）

我站上发球区，深吸一口气后将球往上抛，等它落入挥拍区，我沿小黄球的中下部向左上部擦去，这种发球法叫"美式旋转发球"，需要仰赖身体的腰部力量，优点是爆发力强，对手不易截球；缺点是稍有不慎极易造成扭伤，好比现在，我哀叫一声后，躺在球场上动弹不得。

"顾小姐，妳还好吧？"我的陪打教练跑过来关心。

"还行，让我躺一下，几分钟就好。"

时间一下子回到14年前，当年和小伙伴打完球，我也像此刻一样躺在地上仰望蓝天白云，不同的是彼时是杂草丛生的克难球场，手里拿的是二手球拍，不像现在，上的是网球会所，手里拿的是Prince 7TY23，而陪打教练的要价一小时高达400元。

等休息够了，我从地上爬起，教练问我还继续吗？

"不了，今天就到这里吧！"我答。

回到储物区，我把柜子里的耐克运动袋取出，然后上洗澡间淋浴，这里提供的是欧舒丹的洗护用品，连香氛也带着淡淡的柑橘味。

沐浴完毕，我上茶室喝茶，穿着藏青色格纹旗袍的女服务员问我要不要试试新进的雪域金丝茶？它具有抗病毒、调理肠胃、改善代谢等功效。

听着很像老年养生茶，我不过是个大学刚毕业的女生，喝这个未免太未雨绸缪？所以像往常一样，我一边喝着养颜美容的玫瑰花茶，一边欣赏园内的花团锦簇，同时聆听来自水幕墙的潺潺流水声，享受一方的宁静。

离开会所后，我开着Mini回家，不过十分钟的路程，我却开了半小时，因为还得上干洗店拿母亲放在那里的孔雀七彩印花连衣裙，好让她和闺蜜打牌时不丢脸。

说来奇怪，我记得小时候的家境很一般，住的是五十平米的公房，无私家车代步。也难怪，当时父亲不过是个文员，母亲偶尔接个手工活，做做塑料花什么的。事情的转折发生在小学五年级的时候，某天放学回家，我被告知即将搬家，同时转学到有外教授课的实验小学。

我不止一次对我家的突然富贵产生怀疑，譬如那三百多平米的大别墅及地下车库停放的豪车。父母给我的解释是中了体彩大乐透，然而我并不买账，因为早期的彩票奖金不若现在可观，能买个二手公寓或国产车已经很了不起，除非我家连续中奖好几期，而这无异天方夜谭，不是吗？

当然，这种怀疑只是偶尔才会爬上心头，大部分的时间里我只关心课业。我的父母虽然文化水平不高，但对我的教育很用心，尤其少了为五斗米折腰的名目，他们使劲烧钱，让我上遍大大小小的补习班及兴趣班，还好钱没白花，最终我进了985名校，学的是热门的会计专业，最近正准备ACCA（国际注册会计师）考试，因为我的理想是进入四大会计师事务所，那非得优秀不可。

兜兜转转后，我把车停进地下车库，拿上母亲的"战衣"上到一层。

"妈，会所问要不要续费？再续打九折，同时还能享受他家新增的私家水疗SPA。"我边说边把衣服交给家里的阿姨，让她挂在通风处，待上面的干洗溶剂挥发后再让母亲穿上。

"不续了，"母亲向我招手，"宛宛，过来坐下，妈有话跟妳说。"

我在拥有世界上最舒服沙发美誉的Flexform上坐下，左手边是原本身材瘦小，后来成了富贵相的母亲；右手边是原本谨小慎微，现今气场全开的父亲。

"妳姑姑，"母亲看了父亲一眼，父亲索性躲进报纸里，"妳姑姑想见见妳，妳准备一下，后天晚上动身。放心，机票已经帮妳买好，签证也加急办理，48个小时能出签。"

我的姑姑指的是我爸的亲妹妹，两人相差十岁，听说从小就是个学霸，选择到免大学学费的德国留学后，辗转去了瑞士，除了逢年过节会打个越洋电话问候一声外，基本无消无息。对于这个从未谋面的姑姑，我挺有好感的，因为每年生日我都会收到她的礼物，小时候是玩具，大了就送高科技产品，譬如去年生日她送我的是带摄像功能的无人机（我挺怀疑她知不知道时下女生喜欢什么）。不管如何，拿人的手短，我对她只有五星好评，没有差评。

然而今日听说姑姑要见我，而且火急火燎，连机票都买好了，我没有欣喜，更多的是抗拒。

"不行，两个礼拜后有ACCA考试，错过还得等半年。"我说。

"考试错过了还能再考，人错过了就什么都错过了。"妈答。

"人错过了？莫非……"

"不是妳姑姑，是妳姑丈，那个德国佬突发脑梗塞，已经一命呜呼了。"

我感慨世事无常，姑姑真可怜！

母亲说既然同情姑姑就该飞去安慰安慰她，她也四十好几，身边没个亲人，的确可怜！

就我所知，姑姑和姑丈虽然结婚近二十年，但膝下犹虚，这大概是她疼爱我的原因，因为我们顾家第三代就只有我这个独生女。

"那……好吧！"我答，心里想着还得带上考试用书，万一提早回来，也许赶得上参加考试。

秦平一听说我要飞瑞士，如丧考妣。

"也不是一定缺考，我还带上考试用书呢！"我解释。

"说好一起参加考试、一起申请四大会计师事务所的工作，怎么说变卦就变卦？"

我只好将姑姑的情况据实以告。

"生老病死，人之常情，我能理解，但妳毕竟是晚辈，又逢重要考试，难道不能让妳父母先飞过去，等妳考完后再会合？"他问。

这也是我无法理解的地方，我的父母只打算让我只身前往，而且马上！

秦平说这就是症结所在，我的父母不喜欢他，所以借故将我支开。

"不会的，要支开早支开了，何必等上三年？"我说。

我是大一下学期和秦平好上，他是"别人家的孩子"，不仅年年拿奖学金，对我更是体贴入微。我父母向来喜欢"好学生"，本来这是水到渠成的事，但一听说他来自农村，惟一的姐姐还智障，立马投反对票。我是阻力越大，助力也越大，他们越不赞成，我越要捍卫我们的爱情，所以一路走来，我就认定秦平，对其他男生投来的爱慕眼神视若无睹。

"可是……"

"没有可是，你还不明白我的心意吗？"我问。

他笑了笑，问我今天还一起念书吗？我答当然。

然后我们携手走向学校图书馆。

第二章/奇遇

北京飞苏黎世没有直航的班机，我得在伦敦重新办理值机及行李托运，还好父母帮我买的是商务舱，至少整个航程可以少受罪。

我在安检口的右侧听完父母的叮嘱后走向左侧。

"瑞士讲什么语言？"秦平问。

这个问题我查过，瑞士是个邦联国家，基於尊重，各州人民保有选择语言的权利，也就是说德语、法语、意大利语均属于官方语言，除此之外，他们还有自己的语言—罗曼什语。

秦平又问我的语言不通怎么办？

我笑笑答自己又不是长久居住，安慰完姑姑即回，管他讲什么语言，再不济还有翻译软件。

他仍不放心，说他有不祥的预感，也许……也许我再也不回来了。

我摸摸他刚剃完胡髭的脸颊，答："我一定回来，不然谁帮你刮胡子？"

话一说完，他拥我入怀。

"宛宛，该进去了。"母亲在相距十米远的地方喊。

"进去吧！"秦平让我离开他的怀抱，"到了给我发个信息。"

想到就要和他相距半个地球，我突然感伤，万一中途有个空难什么的，岂不是天人永隔？

"平，我怕。"

"别怕，有我，我等着妳回来。"

我看着他的眼，虽然隔着镜片，依然闪着星星，那是我的，只属于我一人。

"答应我，绝不看别的女生一眼。"我说。

"我答应妳。"

"偷偷看也不行。"

他笑了，答："除了宛宛，看别的女生时我会把眼镜摘下来。"

秦平有六百度近视，没了眼镜，视力下降非常明显。

这次换我笑了。

他摸摸我的头，俯首给我一个吻，轻轻的。

"宛宛，该进去了。"这次是父亲，他在相距十米远的地方喊。

"进去吧！我等妳回来。"秦平也说。

此时我才真正感觉离情依依，三步一回头，看看左手边的父母，再看看右手边的男友，最后狠心一入关，让泪水在眼眶里打转。

14个小时后飞机终于抵达伦敦，拿上行李，我直奔柜台。接下来的这个航班飞往日内瓦，中转苏黎世，因为是短程航线，飞机是小飞机，商务舱只有三排，每排四个位子（左右各两个）。

由于飞机抵达伦敦时已晚了半小时，加上还得重新值机和办理托运，运气好，总算让我在飞机舱门关上前赶到。

"Excuse me. This seat is taken." 一个混血儿模样的男子告诉我这个位子有人坐。

我抬头确认座位号，的确搞错了，不是右排，而是左排。道完歉，我赶紧坐下。

当空服员进行例行的检查时，我才留意到方才那位男子所说的座位仍空着。

"好个种族歧视者！因为不愿和黄皮肤的我坐在一起，所以找了个借口。"我心想，并且对他投去怨恨的眼光。

然而这没起到任何作用，因为他一直望向窗外，怀里抱着一个二十厘米立方的白色盒子。

"Excuse me. Could you ......" 空服员对他说。

他随即把盒子放在那张原本空荡荡的位子上，并且替它系上安全带。

好奇怪的举动，不是吗？

例行的检查一结束，飞机开始在跑道上滑行，接着升空，当系上安全带的指示灯灭了，那个"种族歧视者"随即解开自己身上的安全带如厕去。我之所以留意到是因为他离座后又踅回，二度确认盒子安全才离去。

"原来他不止是个种族歧视者，还是一名强迫症患者。"我边想边去翻菜单。

虽然只是一个多小时的航程，商务舱还是提供轻食，我得好好选择，是凯撒沙拉配黄油面包还是拉法卷配五彩蔬果？

没等我下好决定，飞机突然以一种左右摇摆的方式往下坠。我吓坏了，尤其耳中传来杂物纷纷坠落的声音，伴随小孩的哭泣，一时乱成一锅粥。

当那个白色盒子离开安全带向我飞来时，基于反射动作，我倾身一拦截，将它抱入怀中。

等飞机一控制住，我看见一个人影匆忙从厕所里跑出来。

"没事，我抱住了。"我对他说。

之所以改用普通话说是因为盒子上有行楷书写的"勿忘"二字，所以我猜想他会使用我的语言。

"谢谢！太感激了。"他接过盒子坐下。

沉默一会儿后，我还是没忍住自己的好奇心，毕竟为了一个盒子买座位的例子很少见，尤其买的还是商务座。

"请问……盒子里装的是什么？"我问。

他看着我，那眼神复杂极了，融合多种情绪，大概科班出身的演员都演不出来。

"对不起，冒犯了，你不想回答也可以。"我找台阶下。

原以为得不到答案，结果他还是回答了："盒子里装的是我母亲，受她之托，此行我将把骨灰撒在苏黎世湖。"

虽然我有很多问题想问，但还是以一句"I'm sorry."了结。

"其实家母已经去逝半年，我是最近才得了年假，等日內瓦的会议一结束，我再绕回苏黎世完成母亲的遗愿。"我没问，但他主动回复我的疑问之一。

看他西装革履，又听说他到日內瓦开会，我当然想知道他是不是重要人物。

"冒昧问一句，你从事什么行业？"我问。

他回答他在英国Caesar Chance律师事务所工作（以他无比崇敬的语气，我猜想这家事务所的含金量一定很大）。

"原来是大律师，失敬失敬！"

"不，我只是个事务律师，还不能出庭，不算严格意义上的律师。"

接着他解释从法律系学生到律师事务所合伙人的整个过程，那真是重重考验，比登珠穆朗玛峰还难。

谈话至此，他没有表现出对我有任何猎奇心理，我是说他没问我的职业、兴趣、乘机目的……等，这不免让人泄气，可见我有多么平凡。

"Excuse me, do you want something to drink before the meal?" 空服员问我们。

他答香槟，我答苏打水。

空服员一走，代表我和他之间的谈话也结束。显而易见，当飞机降落苏黎世之后，我们便各奔东西。

第三章/Hans

我走出关口，很轻易便找到自己的名字。

"我是顾宛宛。"我指着A4纸上工整的方块字说。

"我是Hans，"他上下打量我一下，"让我带妳先去店里看看。"

Brigitte? 我问谁是Brigitte?

"她是O-One鱼子酱的老板娘。"他答。

我非常确定自己不认识这么一位成功人士。

"难道接错人了？"他喃喃道，然后拨打电话。

没多久，我听到手机那端传来熟悉的声音，姑姑要我上车，待会儿见。

我有些难为情地把手机还给Hans。

"妳和Brigitte看起来很相像，如果接错了，我恐怕要怀疑人生。"他答。

说来很不可思议，我竟然不清楚自己姑姑的名字以及所从事的行业。其实解释起来一点儿也不困难，那是因为她是长辈，我不可能直呼其名（当然更不会知道她的洋名字），还有，我一直以为她只是个普普通通的家庭主妇，殊不知她还管理着一家商店。

"对不起。"我说。

"我没有责怪之意，请别误会。"他伸手接过我的行李，"停车场有点儿远，得走一小段路。"

~

我以为从机场到市区开车起码一个小时，没想到不到二十分钟便来到繁忙的街道。

"这里是班霍夫大街，据说是世界上最富有的街道，妳若想购物，来这里准没错。"他说。

其实不用Hans多介绍，来之前我已做过功课，知道这条大街位于苏黎世利马特河的西岸，原来是一段旧城墙，1867年拆卸后改建成一条马路，后来发展成为世界上最昂贵的街道，全长1.4公里，由苏黎世火车站前开始，沿着利马特河往南，直至苏黎世湖畔的布尔克利广场为止。大街上除了商店林立，还集中了世界各国的200多家银行，不仅是全球最大的金市，外汇和证券交易量也雄踞欧洲之冠。

"抱歉，我只能开到这里，再往前只有电车能通行。"Hans一解释完，将方向盘来个90度大转弯。

停好车后，我们沿着一个个漂亮的橱窗往前行。街道干净得让人想在上面打个滚，而道路两旁栽种的树木不仅养眼还沁人心脾，因为微风带来叶香扑鼻。

"这里和北京有什么不同？"Hans边走边问我。

"讲到繁华，北京更胜一筹，但两者的味道不一样。"

他又问哪里不一样？

其实我也说不上来，可能是氛围，也可能是路上穿正装的人多了起来，还有，貌似这里的人不太热情。

Hans表示我的观察入微，希望我早点儿赶上这里的节奏，因为Brigitte极需帮手。

这也是我的迷惑之处，我才刚下飞机，时差还没倒过来，姑姑就让Hans带我到她的店里瞧瞧，一点儿也不体谅人。如果不是之前对她的印象太好，我恐怕要以为这是个不好相处的老女人。

"你说她需要帮手……"

"到了，就是这家。"

我还没问完，Hans表示已经到达目的地。

这是一间宽约六米的店面，夹杂在各大奢侈品名店中并不显突出，但别具一格，有种轻奢的质感（我是说口袋里若没有个万把块钱，大概不好意思走进去）。

只见Hans很自然地推开那扇深褐色大门，跟里面两位高头大马的洋女人打过招呼后便直接无视。

我快速浏览一下，店内的深度不深，右边是展示柜，左边是两张法式圆桌，也许店后还有什么，但表面看不出来。

"顾小姐，这边请。"Hans带我走向右手边。

我看见展示柜里有十几个约两公升容量的锡罐，在灯光的照射下，宛如奇珍异宝闪耀着光芒。

"这些都是鱼子酱，"Hans站在柜台后，样子像是售货员，"一般来说，零下2～4度是最佳的保存温度，但这个冷藏柜最低只能达到3度，换言之，如果6～8周内没有售出，这些鱼子酱只能扔掉。"

"有扔掉的例子吗？"我问。

他回答没有，倒是时不时需要补货，这也是店后设置大冷冻柜的原因。

我因而得知这个店比我想象得大，因为还得放下一个冷冻柜。还有，听说鱼子酱很贵，看来在瑞士是大众食品，人人都吃得起（否则不会销售得如此迅速，不是吗？）。

我指向展示柜里一罐黑不溜秋的鱼子酱，随意问起价钱。

Hans 没回答我，反而将它取出来放在浅黄色的大理石台面上，然后用一根贝壳制小勺挖出一勺放在我的手背上，示意我用舌头舔着吃，我照办。

该怎么形容呢？粒粒完整的鱼子在口中被压碎后，一股腥味瞬间在嘴里蔓延开来。

"喜欢吗？"他问。

"不太喜欢。"我诚实回答。

"那真可惜，妳刚把100欧元吞下肚，却无法欣赏它的美味。"

100欧元？不会吧？！就这么点儿也要七、八百元人民币？

Hans答这是白鲟鱼子酱，母鱼需费时15年才能产卵，取卵之后的十几道工序必须一气呵成，接着送进冷冻柜保鲜，如此天然、娇贵、既费时又费力的稀有物当然身价不菲，说是"黑珍珠"，一点儿也不为过。

"这些鱼子酱都是我姑姑制作的吗？"我问。

"不，当然不是，"他笑了，"制作鱼子酱需要有臂力的专业人士，Brigitte太瘦弱，现在更是不行。"

我很想问为什么现在不行，此时店里走进来两位富太太模样的华人，Hans对我说了声对不起后，堆起笑脸迎上前去。

第四章/翘首以待

Hans是个杰出的销售，态度不卑不亢，正因为这种恰到好处的距离，两位富太太很快"在商言商"地完成交易，一个买了奥西特拉鲟鱼子酱；另一个买了闪光鲟鱼子酱，重量倒是一致，都买了100公克，全进了晶莹剔透的冰块里（不是真的冰块，而是像冰块的包装，给人一种新鲜纯净的感觉）。

"我真喜欢你家的包装，很显高端大气上档次。"头戴茶栗色赫本遮阳帽的女士接过袋子说。

"谢谢！这是请专人设计的，就为了彰显客人的尊贵。"Hans答。

"呵呵！"她笑得花枝乱颤，"像你这种八面玲珑还同时会说德、法、意语兼普通话的销售，现在已经很难找了，你应该走出去，而不是窝在这么个小店里。"

Hans承认这家店是小，但O-One鱼子酱位于弗鲁蒂根山区的养殖场可不小，大约有八个足球场大，光加工师傅就超过三十人。

脖子上系着巴宝莉经典爱心格纹丝巾的女士紧接着开口："也许哪天有机会可以参观一下，对了，好久不见Brigitte，她可好？"

"很好，承蒙关心。"

然后两个赶着食用珍馐的人很快告别。

待人走后，我问："鱼子酱配什么吃好呢？"

由于眼下没有新客人，Hans请我移驾到法式圆桌前坐下。

我们一入座，那两位高头大马的洋女人立刻回到柜台前，我因此得出一个结论，那就是柜台前一定得有人站岗，甭管是否有顾客光临。

"妳喝什么？"Hans问我。

"有什么？"

"咖啡、红茶、啤酒、葡萄酒。"

我要了黑咖啡。

他给了我一杯用白色骨瓷咖啡杯盛装的黑色液体，我看到杯身有O-One的Logo，那条墨灰色的鲟鱼猛一看很像大白鲨（换言之，它长得并不可爱）。

"妳问到有关鱼子酱的吃法，"Hans重新捡起话题，"或许有人认为搭配苏打饼干、法国面包或海鲜最佳，但我个人认为把冰镇过的鱼子酱直接送入嘴里最棒。其实这个东西不光搭配的食物有讲究，连取用的方式也不能马虎，譬如纯金以外的金属餐具容易让鱼子酱走味，所以一般采用珍珠母贝、木制或骨瓷的小勺替代。"

我喝了一口咖啡，当又看到杯身上的Logo，不免好奇为什么店门口没有？如果连个商店名称也没有，顾客又如何发现，甚至上门消费？

Hans解释刚开始营业时，玻璃橱窗上的确有条墨灰色的大鱼Logo，由于多次被误会是贩卖海鲜的店，Brigitte索性把Logo

取下，还好上门的顾客多半是熟人介绍，影响不大。

说的也是。刚刚那两位客人合计买走了近八百瑞郎（约合六千元人民币）的鱼子酱，这可不是一般的市井小民负担得起，换言之，只要能吸引到高端客户群体即可，其他都是浮云。

"我姑姑……"我想起此行要拜访的人。

"Brigitte一直有糖尿病，Markus死后，因为某些外在原因，促使她的病情加重，不仅人消瘦不少，四肢还乏力，现在每晚睡前她必打胰岛素，以防血糖升高。"

"外在原因？"

"Markus走得突然，连遗嘱也没留，在此情况下，他的直系血亲都是法定继承人，所以即使O-One实际由Brigitte和Markus创立，也改变不了被拍卖的命运。眼看自己的心血即将付诸流水，Brigitte气得血压升高，糖尿病就更加严重。"

原来如此！

我问为什么不让O-One继续经营下去？看样子它的营利状况良好，可以采每年分红的形式。

Hans答众口难调，如果能有个中间人斡旋，事情不难解决，比较棘手的是不光Markus的爸妈急着想分一杯羹，Brigitte本身也难搞，按照她的逻辑，O-One是她和老公一手创建的，干公公婆婆何事？何况他们已经不往来很久了。

"这倒是个问题……"我喃喃道。

"这也是Brigitte希望由我先和妳谈谈的原因，让妳对整个情势有大致的了解，将来好帮她。"

我飞来苏黎世单纯只为了安慰新丧偶的姑姑，我们甚至未曾谋面过，很难想象我能帮上什么忙。

"我想姑姑恐怕太高估我了，何况我还得飞回中国参加考试。"我说。

"考试？什么时候的事？"

"下个月三号。"

Hans摇摇头答不可能，遗产分割的事先不说，近期我得代替Brigitte飞到洛桑参加婚礼。

"我？"我扬起声，"为什么？"

"Brigitte病恹恹的，如何参加婚宴？"

"可是我又不认识新郎新娘，再说，人难免有个头疼脑热，只要礼到，应该没有人会责难。"

"妳不懂，婚礼上的顶级鱼子酱由O-One提供，妳去，表面上是观礼，其实是确保宾客们都能充分享受到这黑色软黄金所带来的绝妙感受，毕竟二十六万的订单不能有丝毫的差错。"

我当然不会天真地以为是二十六万元人民币，那么就是二十六万瑞郎啰！以目前1比7.65的汇率计算，约合两百万元人民币。

"天哪！光鱼子酱的费用就这么多，很难想象整场婚礼将花费多少钱。"我咋舌。

"能办得起奢华婚礼的人，想必不允许现场有任何不愉快的事情发生，所以O-One必须有人到场。"

我很想知道为什么姑姑派我这个对鱼子酱一窍不通的人前往，但显然这不是Hans能回答的，所以我只是把问题埋在心底。

"妳准备好了吗？"Hans看了一眼腕表问，"如果准备好了，我现在就载妳去见Brigitte。"

想到就要和从未谋面的姑姑见面，我的内心激动不已。

"我准备好了，请带路。"我答。

第五章/大惑不解

离开班霍夫大街后，车子沿着Glockengasse往北开，然后方向盘一转，上了一座桥。

"这河上总共有几座桥？"我问，因为左右可视范围內已有数座。

"有六座，不过不是每一座桥都能让车子通行。"

"河面上的船只好像不多呀！"我接着问。

"是不多，如果妳仔细观察，河上的游船船身都很低，为的是穿过不高的桥洞。"

听他这么一说，我将目光投向利马特河上的来往船只，发现的确如此。

"真好！河水、游船、漂亮的建筑……没看过那么岁月静好的城市。"我有感而发。

Hans笑了，他说如果白天的苏黎世像清新脱俗的小女孩，那么夜晚的苏黎世就成了呱噪的中年妇女，若不信，随便走进一家酒吧就能印证。

我心想酒吧当然吵，拿这个比喻很不恰当，但鉴于我和Hans没那么熟，我没有说反对的话。

桥很短，打两个喷嚏就能从桥西开到桥东，这可不，我们已经离开Bahnhofbrucke桥，开始沿着Limmatquai往南行。

"这一片算是老城区里最典雅的部分，喏！Brigitte的公寓就在前面，那栋灰蓝色的便是。"

我没想到姑姑的家离她的店铺如此之近，更没想到的是她的公寓竟……如此寒酸，如果不是上面遗留的雕刻诉说着历史痕迹，我真要以为是栋工厂大楼。

Hans停好车后，我们走进公寓，迎面而来的是比我奶奶还老的古董电梯以及那挥也挥不去的腐朽气息。

"这部电梯至少百年了，进出还需要人工操作。记住了，无论内门还是外门，只要有一扇没有关好，电梯就不能运行，所以离开电梯前一定得把这两道门都关好，否则楼上或者楼下的人就叫不动电梯了。"他叮嘱。

"好的。"我答，然后随他进入电梯。

只见Hans小心翼翼地拉开再关上两道弹簧门，紧接着按下数字4（底层是0）。随着老电梯缓慢上行，我竟然能看到另一侧楼外的街景，真是新奇！

抵达第五层，Hans要我试着操作电梯，我用力一拉，发出巨大的声响，吓了我一跳。

"这弹簧门的劲儿很大，妳一定得手扶一下，否则就像刚才一样，估计能把心脏不好的人送上西天。"

我吐了吐舌头，为自己的鲁莽举止感到不好意思。

离开电梯，Hans带我来到一扇铁灰色的大门前，按下门铃后，一个瘦小的妇人前来开门。

"#@/%........."她说。

"%¥#€$......"Hans答，然后指向我。

接着妇人便用德语向我问好，我也回复："Guten Tag!"

进到屋内后，妇人迳自往里走，我则被眼前的一切给惊呆了。原本已经做好迎接一室简陋的心理准备，没想到里面别有洞天，大大超出我的想象。

"刚才那位是家务员Annett，"Hans介绍，"她说Brigitte上家庭医生那里去了，不远，开车五分钟就到。既然人不在，那么由我带妳参观一下屋子吧！"

"好的，麻烦了。"

首先映入眼帘的是一个方方正正、采光良好的客厅，组合式沙发上有不同颜色和图案的靠垫及抱枕，沙发前面是一张深色的木质矮桌，沙发背面则是一长溜的落地窗，可以俯瞰公寓外的街景。

"别小看这套沙发，那是Hans Hopfer Roche Bobois系列。"

然后我发现屋内不能小看的还不止此，譬如沙发上有着樱花和海浪图案的抱枕出自设计师Jean-Paul Gaultier之手，而木质墙壁上挂着的不对称六边形工艺乃由纽约艺术家Austin Weiner所创作。

走进厨房，Annett正在烧开水，她问我们要咖啡还是茶？我们答茶，然后Hans紧接着介绍中岛陈列柜上的意大利面可不是食材，而是Linda Miller Nicholson所制的装饰物。

离开厨房，就在通往浴室的走廊上，Hans告诉我墙角立着的"黄色圆珠笔"是个不凡的杰作（可惜他忘了创作者的名字），而正对着的墙上挂着的是Eamon Harrington的画作，上面的文字翻译成中文便是：**这套公寓可以为所有到来的人提供家的感觉。**

"浴室和房间就不带妳看了，毕竟那是私密空间。"Hans说。

我环顾四周，感叹原来姑姑还是艺术爱好者，真是大开眼界！

"她的确努力往知性及优雅靠拢，可惜还是差那么一点儿。"

我问什么意思？他答还是由我自己去发现比较合适。

"那么你和我姑姑是怎么认识的？"我问了从机场见面起就一直想问的问题。

"缘分吧！我以为自己永远也出不了国门，没想到后来辗转去过那么多国家，还见过许多形形色色的人。"

这简直答非所问，我不相信精明如他会不懂我在问什么（虽然我只是个初出校门的大学女生，但Hans的城府深还是让我感觉到了）。

"#$&*@……" Annett问，双手捧着一个大托盘。

"@¥%#/@……" Hans答。

Annett走后，Hans表示他也该回店里去。

"你走了，我怎么办？"我问。

"放心，Brigitte已经在回来的路上，估计到家时茶水还是热的。"

我默默回到客厅，木制矮桌上已经摆好一壶茶及几样糕点，杯子有三个。

"Hans原本想和我们一起喝茶，为什么改主意了？"我心想，大惑不解。

第六章/初见姑姑

姑姑进来时，果然茶水还是热的。

"宛宛，妳来了。"她坐在轮椅上对我微笑。

我有些迟疑地走上前去，她猛然握住我的手，像抓住什么重要的东西。

"姑姑……痛！"我轻喊。

"噢！对不起，我太心急了。"她放开紧握的手，然后把目光投向矮桌，问，"今天喝花茶？"

"是……是的。"

"太好了，我就喜欢喝花茶。"

刚刚喝茶时，由于感觉口感怪怪的，我曾打开那个少女心十足的茶壶检查了一下，发现里面是各种花瓣加上苹果、山楂等果脯，一片茶叶也无，真正做到"有花无茶"，不像我国是将有香味的鲜花和新茶一起熏制，等茶叶吸收花香后再将干花筛除（也有不筛除的）。

"那么趁热喝吧！"说完，我望向姑姑身后的男人，不确定他是否也要加入喝茶的行列。

那男人把轮椅推向客厅后，一把抱起姑姑，动作很熟稔。

"谢谢你，老余。"姑姑坐好后道谢。

"不客气，"他望向我，话却是对姑姑说，"这就是妳侄女？如果不明说，我还以为是妳女儿呢！妳们两人长得真像，简直是一个模子刻出来的。"

"别乱说！她是我哥哥的女儿，不可能是我女儿。"

姑姑变了脸色，把原本就有点儿冷的场面给弄得更加拧巴。

"呵呵！那我不说话，我去给车子加氟利昂。"

待人走后，姑姑对我说老余讲话不经脑子，要我别往心里去。

其实他说的话没什么不恰当，亲戚难免长得相像，是姑姑反应过度了。

"余……叔叔也住这里吗？"我问。

"怎么可能？"姑姑扬起声，发现语气不好后，像澄清什么似的，"他是我刚雇用的司机，住在Sonnenberg公园附近，是个鳏夫，所以凡事得谨言慎行，免得让人说闲话。"

姑丈去世没多久，姑姑就雇用了一个丧妻的男人，的确得保持一定的距离。

我帮姑姑倒了茶水，她呷了一口，问："怎么有三个杯子？"

"Hans本来想跟我们一起喝茶，临时变卦回店里去了。"

姑姑听完好像挺不在乎的，反而急于想知道我对Hans的看法。

"说不上来，因为只见过一面。"我答。

"有句话'伴君如伴虎'，我感觉把Hans留在身边就像养了一只老虎，不知何时会被他反咬一口。"

"不会吧？！"我捂住嘴笑，"姑姑，妳太夸张了。"

姑姑睨了我一眼，那样子像在说：不信？等着瞧！

为了转话题，我问姑姑想吃哪块糕点？

"我有糖尿病，不能吃太甜的，给我来块三角的吧！"她答。

三角的？那就是全麦饼干。

我拿起银制蛋糕夹夹了两片饼干进粉色碟子里（碟子上有白色小雪花，和茶具同一系列）。

"姑姑，请慢用。"我递了过去。

"宛宛，给我拿双筷子吧！"

筷子？用筷子吃饼干？

我半信半疑地走向厨房，Annett正在洗抽油烟机，她问我想要什么？（我猜的）

"Chopsticks."我用英语答。

她随即从抽屉里拿出一双筷子递给我。

"Can you speak English?"我好奇一问。

"Some."

太好了！

虽然我的英语一般般，但和德语比起来（苏黎世是德语区），实在好太多。既然Annett会说一些英语，代表我俩不是完全没办法沟通。

我拿着筷子回客厅，姑姑看了很开心，立马用筷子夹起饼干吃。

这景象看着别扭，虽然筷子和饼干两者并不稀奇。

也许因为我盯着姑姑吃东西，她解释："我不喜欢手碰食物，但戴塑料手套吃不免奇怪。"

戴塑料手套吃饼干的确奇怪，但拿筷子夹着吃不也奇怪？

"是奇怪。"我附合姑姑的言论，心中想起Hans说过的话，他说姑姑努力往知性及优雅靠拢，可惜还是差那么一点儿。

这个公寓大概有两百平米大，房间却只有两个，那是因为不论公共区域还是房间都比寻常的大，好比我住的这间，不仅摆下King Size的双人床，还有个步入式衣帽间，连卫浴也干湿两分（用玻璃门分别将浴缸、淋浴间、马桶及洗手池隔开）。对了，里面还有一整墙的陈列柜，上面摆满了护手霜、护肤品和香水等。

由于坐了近16个小时的飞机，又被Hans强拉着参观O-One在班霍夫大街上的专售店，回到公寓紧接着陪姑姑喝下午茶……好像没人相信一个23岁的女生也会累，所以当Annett过来唤我吃晚餐时，我直接回复No，翻了个身又沉沉入睡，当再次醒来时已是隔天下午。

"Guten Tag!"我走进厨房，Annett对我说。

德语中的"Guten Tag!"挺有意思的，它代表"你好"（仅限白天使用）及"午安"，所以我有点儿迷惑她指的是前者还是后者，当看到墙上太阳神造型的时针指向2与3之间时，我瞬间明白她在向我道午安。

"Guten Tag!"我回礼，然后问她Brigitte在哪里？

"She went to see her family doctor."

"Again?"

Annett 以德语"Ja."回复我，代表姑姑又去看家庭医生了。

我突然有些失落，这个点不上不下，难道像昨天一样坐等姑姑回来，然后和她一起喝下午茶？

" #¥@/%……" Annett打开冰箱喃喃自语。

我问怎么了？她答没有牛奶了。

于是我主动提出帮她跑腿（顺便还能熟悉一下附近环境）。

" Danke sehr! " 她向我致谢，笑如春花。

第七章/八竿子打不着的达达主义

忘了Hans的叮嘱，我又让电梯的弹簧门"响彻云霄"。

" 该死！" 我咒骂一句。

电梯到了底层，我还没走出铺满花地砖的门厅就听到楼上有人说话，说的什么？不懂！

姑姑居住的这个区域叫尼德道尔夫，属于老城里的特色人文区。如果说霍班夫大街还能看到行色匆匆的购物人潮或白领，那么过河来到尼德道尔夫又是另一番景象。瞧！缀满鲜花的阳台、爬满藤蔓的墙面、可爱的信箱、小巧玲珑的饮水喷泉、迷宫式的小巷、依坡而建的老房、精致而各有风格的商店、餐厅、咖啡馆……等，在在散发着浓浓的小资情调。

我走走看看，突然被一栋粉红色建筑物给吸引住，它的入口门楣上写着Cabaret Voltaire。我不清楚是什么意思，但右侧黑色看板上的Coffee我倒是知道的，于是我壮着胆子走进去（初来乍到且担心语言不通，我难免胆怯）。

这是一家复合式商店，看完琳琅满目的小玩意后，我走进附设的咖啡厅小憩。

"#@%/……" 那个高大魁梧、金发碧眼、脸部线条偏硬且有点高冷的柜台男服务员问我要什么？（我猜的，应该八九不离十。）

"Latte and …… a piece of orange cake, please!"我答。

他愣了一下，弯腰指着蛋糕柜里的橘色蛋糕片。

"Ja." 我点头。

"Sahne?"

这个真听不懂，但我又点头了。

东西端上来后，我才发现自己点的是加上奶油的胡萝卜蛋糕（跟橙橘无任何关系)，还好不难吃。

"看来如果想长期住在苏黎世，首先得学会德语。" 我边想边打开手机上网，发现爸妈和秦平都分别给我留言了。

昨日抵达克洛滕机场，我已经跟他们报过平安，今日父母的留言无非要我吃饱穿暖兼听姑姑的话（我都不怎么听他们的话，他们却希望我听命于一个二十多年未见过面的亲戚，这个操作有点儿令人匪夷所思）；反观秦平，他没写奇奇怪怪的东西，而是要我在北京时间夜里十点给他打电话。

我换算了一下时间，现在已经晚了一个多钟头，他还在吗？

"喂！"他低沉的嗓音传来。

"我，在苏黎世迷路的美羊羊。"

动画片《喜洋洋和灰太狼》里，美羊羊不仅"众星拱月"，还是"美丽"的代言人。

"记住，喜羊羊等着美羊羊回家。"

秦平的回家指的当然是回北京的家。

"看样子我还回不了家，至少目前是。" 我说。

"为什么？妳不是已经见过姑姑？"

"她……她生病了，所以由我代替她参加婚宴。"

秦平问是什么时候的事？

"不清楚，即使是近日，去头掐尾，回到北京刚好赶上进考场。与其'陪考'，倒不如弃了，坐飞机也是挺累人的事，我到现在还没把时差倒过来呢！"

他沉默一会儿后，勉强接受我的缺考，不过只此一次，下不为例。

"知道了，"我松了一口气，"等这边的事情一结束，我买最早的班机飞回去，因为才分开三天，我就开始想你了。"

秦平的毛被我摸顺了，人也有了精神。

"妳现在在干嘛？"他问。

"在喝拿铁及吃加了奶油的胡萝卜蛋糕。"

他要我描述一下所处环境，我问为什么？

"人不能跟妳在一起，就想心与妳靠近一点儿。"

于是我环顾四周，然后告诉他："这里的墙面有些斑驳，上面挂着几个相框……有个壁炉，壁炉旁的墨绿色皮沙发很陈旧……木质桌椅像从旧货市场淘来的……虽然有现代照明，但墙壁上有烛台，上面还架着白色蜡烛……"

秦平说听着像是走进某个故人的故居内，和他想象的完全不一样，他以为我会去浪漫一点儿的咖啡馆喝咖啡。

"我是被外面的粉红色墙面给骗进来的，它的入口门楣上写着Cabaret Voltaire。"

"Cabaret Voltaire！"他惊呼，"那是苏黎世达达主义的诞生地。"

达达主义？印象中那是一群惟恐天下不乱的人在作怪，连小便器上签个名也算艺术，简直滑天下之大稽！

秦平不苟同，他认为达达主义者试图通过废除传统的文化和美学来表达他们对资产阶级价值观和第一次世界大战的绝望。虽然只能算是一种过渡状态的文艺思维，但无形中却催生了20世纪大量的现代及后现代流派，换言之，没有达达主义者的努力，这些都很难实现……

老实说，我挺不明白为什么要在一个惬意的午后听远在万里之外的男友谈和自己八竿子打不着的达达主义，但我还是礼貌地听完，并赞美他的真知灼见。

"宛宛，妳真是我的知音！"他说。

我笑得很勉强。

秦平紧接着问我现在是苏黎世的几点钟？

"下午五点刚过。"我答。

"北京已过了午夜。"

"那么你去睡吧！晚安。"

"晚安，爱妳～"

挂上手机，我把最后一口蛋糕吃完，然后起身离开。

第八章/勇气

电梯门打开，我还没走到那扇铁灰色门，楼下传来说话声，说的什么？不懂！

是Annett开的门，她问我Milch在哪里？（德语的牛奶和英语的牛奶音似，我一听便懂。）

我赶紧道歉，说自己现在就去买。

"%@#\$&……"她拉住我，指指屋內，"&\$#%@+……"

莫非她要我进屋？

我还没搞明白，她已经走向电梯，我只好进屋去。

"宛宛，妳去哪里了？"姑姑坐在餐桌前问。

"我……去买牛奶，但忘了，Annett现在出去买……我猜的。"

"没事，过来吃晚饭。"她向我招手。

我走了过去，看到姑姑的大盘子上有少许的猪肘，但有大量的水煮蘑菇和青菜，我顿时没了胃口。

"Annett还煮了土豆泥，应该在烤箱内，妳自己去取。"

我走进厨房，烤箱内果然有个大盘子，内容物跟姑姑的差不多，只是猪肘的量多了些，还有一坨土豆泥。

由于菜还是温的，我没加热就端走。

"今天下午妳做了什么？"姑姑问。

"随便逛逛，然后到Cabaret Voltaire小坐了一下。"

"Cabaret Voltaire？"她轻喊，"想必妳也知道那是苏黎世达达主义的诞生地。"

看来这个"乱搞"主义不若我想的微不足道。

由于害怕姑姑像秦平一样为我普及达达主义的知识，我决定先了解一下自己的处境。

"昨天Hans告诉我一些事情，除了代替姑姑参加婚礼外，我不知道自己还能帮上什么忙？"我说。

姑姑愣了一下，承认她的确需要我帮忙，等我从洛桑回来后再和我详谈。

我问婚礼什么时候举行？她答明天下午。

明天下午？我时差还没倒过来，何况行李箱里连一件像样的礼服也没有。

姑姑反问我不是已经休息一天了？怎么时差还没倒过来？至于礼服……她已经帮我租了几件，就吊在我的衣帽间，连首饰也搭配好了。

"妳如何知道我的尺码？"我不解。

"女生的礼服下襬大部分是伞状，只要腰围合适，基本没什么问题，"她上下打量我一番，"妳应该穿36码的。"

我挺不高兴由他人决定我的穿着，但时间紧迫，也只能这样了。

"Hans告诉我此行是商务性质，最主要是确保二十六万瑞郎的订单没有丝毫差错，万一……我是说万一……万一出了差错，我该怎么办？"

姑姑要我别担心，Hans会陪我去，我就观察他如何处理突发状况。

"什么？！既然Hans会去，何必有我？"

姑姑叹了一口气，答："血浓于水，Hans毕竟是外人，我能依靠的也只有妳了。"

我吓得两腿打颤，姑姑的意思该不会要我接管她的O-One鱼子酱公司吧？

"我……我……"

"宛宛，别担心，"她对我微笑，"签证的问题由我解决！"

~

走进衣帽间，那里吊着三件我从没见过的衣服，分别为粉蓝、桃红及烟灰。

我把那件烟灰色的礼服取下，然后走向穿衣镜，裙子上的金色树叶及银色星星非常闪亮，腰部是竖行鱼骨设计，带来视觉上修身的效果，而肩上轻纱堆叠的蝴蝶结慵懒地垂落下来，宛如蝶落肩上，飘飘若仙……

有了衣服，当然少不了画龙点睛作用的配饰。

我转身望向位于衣帽间中央位置的首饰展示柜，昨天还空荡荡一片，今日已被摆上几件用假钻、假水晶、塑料花所制的头饰和手链。

"租的肯定次一点儿，看来也只能将就了。"我边想边把那顶有着粉色绢花的头饰戴在头上，不讳言地说，镜子里的我像花仙子一样漂亮！

~

苏黎世没有飞洛桑的航班，只能先飞往日內瓦再坐车抵达目的地。Hans认为如此一来还不如自己开车，不到三个小时就能到。

"行，你明天几点过来接我？"

"婚礼是下午三点举行，新郎和新娘包下了整个酒店，方便客人在房间里梳妆打扮及换衣。如果妳不是那种会花很多时间在仪容上的人，早上十点出发正好。"

"可以。"我停顿了一下，"除了随身物品，我还需要准备什么？"

"再准备一些勇气即可。"他答。

第九章/住在下水道里的仓鼠

由于预定十点出门，八点钟我便起床梳洗兼打包，等我走出房门，姑姑已经开始吃早餐了。

"早，姑姑。"我喊。

"早，赶紧过来吃早餐。"她向我招手。

我走过去，发现她的早餐是麦糊、黑咖啡，外加一小碗的综合水果。

"姑姑吃得好……营养啊！"我说。

"如果让我选，我更钟意多盐、多糖、多油的不健康食品，但没办法，糖尿病患者就得忌口，每天被迫吃下一些让人生无可恋的东西。"

我呵呵笑，说姑姑真幽默。

"喏！妳到厨房跟Annett要吃的，她的厨艺一般，想必妳也留意到了。"

直到目前为止，我吃过这个家务员准备的下午茶及一顿晚餐，该怎么说呢？能用现成的，她绝不劳累自己（好比蛋糕和饼干是买来的，土豆泥是冲泡出来的），真要她洗手做羹汤，也不过是把食物弄熟而已。姑姑有病在身，越简单的饮食越好，但这可害惨我了，我有预感，只要Annett当厨，我就别想吃好喝好，果然……

走进厨房，我这边看看、那边瞧瞧，顿时心冷了一大截，勉为其难地问Annett能不能给我两个滴上酱油的煎蛋？

"No soy sauce." 她答，声音冷得掐得出水来。

我哀叹一声，退而求其次，只要求在蛋上加盐及黑胡椒。

她闷不吭声地把煎好的蛋递过来，又给了我盐罐及黑胡椒罐（我突然同情起西方人，不说别的，在吃的方面，中国人绝对比他们有口福多了）。

"妳就只吃两个蛋？"姑姑问。

"嗯！厨房里没什么好吃的。"

姑姑沉默一会儿后，回答："知道了。"

知道了？知道个什么？

我们安静地吃着早餐，Annett走过来埋怨了几句（之所以说"埋怨"，是因为她表情严肃）。

姑姑以一句"Verstehe"打发她走。

"Annett说什么？"我问。

"她说妳离开电梯没把电梯的两个门给关上，害楼上及楼下的人无法使用。昨晚她已被住户数落了，今早Müller先生逮到她又念了一遍，她挺不开心的，又不是她做错事。"

糟糕！我真忘了Hans的叮咛，难怪方才Annett的态度冷得像冰雪女王，原来是受委屈了。

"我这就去道歉！"我起身。

"坐下！别忘了妳是主子。"姑姑喝道。

这是第一次我感受到姑姑也有端架子的时候，还有，她把我归为Schneider家族（姑丈的姓氏）中的一员，让我有些受宠若惊及无所适从，毕竟过去二十三年我一直是顾家的小公主，只此一家，别无分店。

"Hans几点过来接妳？"姑姑问。

"十点。"

"临走前别忘了刷牙，最好再喷点儿香水及口气清新剂，女人得随时保持优雅。"

听到"优雅"二字，我的眼光不由自主地望向姑姑面前的餐具，还好她没用筷子吃水果。

"知道了。"我答。

车子过桥后往南开再往北行，然后进入三号公路。

"现在只要一直沿着三号公路西行，再接A1、E25、E23就能到。"Hans说。

也许因为参加的是婚礼及婚宴，今日的Hans看起来有些不一样，眉眼放松许多，不那么拘谨。

"我没去过洛桑，你去过吗？"我忍不住问。

"去过。洛桑是一个古都，它的历史可以追溯到罗马帝国时期，地理环境依山濒湖，依的是汝拉山脉，濒的是日内瓦湖。市区有两条河穿过，分别是弗隆河及卢夫河。"

我又问洛桑讲什么语言？他答法语，因为靠近法国。

"呵呵！又一个我不会讲的语言。在瑞士这个国家，我就是个名副其实的哑巴、聋子兼文盲。"

"可以学呀！我也是从零到有。"

"我可没你有天赋及毅力。"

"什么天赋？什么毅力？妳穷一次就什么都有了。"

我不禁看了他一眼，这个三十岁上下的男人像个七、八十岁历经沧桑的老者，他的世界……我不懂！

话不投机，逼得我只能"专心"欣赏沿途风景，还好瑞士没让我失望，旖旎的风光美得像仙境。瞧！万里无霾的蓝天、绵延不绝的草原、澄澈透明的湖水、雄伟峻峭的雪峰、小巧精致的木屋……简直梦幻极了！

"读过《海蒂》那本小说吗？"沉默半小时后，Hans开口了，"这风景像不像书中所描写的一样？"

"我没读过那本书，倒是看过根据小说改编的动画片，莫非原著作者是瑞士人？"

"没错，她是儿童文学作家。"

"难怪岁月静好。"

Hans因此深看我两眼，我问怎么了？儿童文学不都这样？

"的确，儿童文学非黑即白，没有中间灰色地带，而且故事结尾还得惩恶扬善，以符合像妳这样的人的价值观。"

像我这样的人？我问我是怎样的人？

"坐在米仓里的人。"

我是坐在米仓里的人？太可笑了！那他又是怎样的人？

Hans答他是住在下水道里的仓鼠，正等着被我解救。

什么意思嘛？！人怎么会是仓鼠？还有，我可不是上帝，只有上帝才能解救人。

Hans说他开玩笑的，要我别放在心上。

我望向道路前方，问："婚礼在哪里举行？"

"Beauté Palace."他答。

第十章/二次见面

Beauté Palace 很久以前的确是个宫殿，后来装修成为酒店，我已经准备要好好享受一场富丽堂皇的视觉飨宴。

车子一停妥，身着礼服的门童毕恭毕敬地替我们开车门，同时招来泊车小弟。

Hans交待几句后，把车钥匙交出去，同时给了小费，然后我们两手空空地走进大堂办理入住。

柜台那漂亮得宛如环球小姐的接待员在确认我们就是参加婚宴的客人后，按铃叫来一位长得像男星James Franco的人接待我们。

就在他的带领下，我们看到金碧辉煌、美轮美奂的公共区域，这包括随处可见的鲜花、貌似年代久远的装饰画、华丽的水晶吊灯、高级地毯、彩色玻璃镶嵌的天花板、手工雕刻的梁柱……这些直接或间接印证建筑物的历史痕迹。然而美则美矣，并不若户外给我的印象深刻。瞧！日内瓦湖静谧地流淌着，远处则层峦叠嶂，让我想起"近水含烟、远山如黛"那句话，如果不是鲜花拱门已布置起来，座椅也摆上，我真要以为自己来到一个世外桃源。

"@%¥/@……"服务员问我。

"What?"我不明所以。

Hans居中翻译，我因此知道那个好看的服务员问我会不会游泳？

"Oui."我答。

这次他边指着绿树掩映下的泳池边说着优美的法语。

"Oui."我又答。

气氛一下子冷掉了（这是为什么呢？），还好八面玲珑的Hans赶紧救场，适时转移注意力。

服务员拿著小费走了。

"你给多了。"我说。

"知道我得到过的最多小费是多少？告诉妳，能吃一顿法式大餐还有剩余。"

Hans卖价昂的鱼子酱，消费群体本来就高端，逢心情好，客户大手笔给小费也不是不可能。

"你今天心情好？"

"一般，为什么这么问？"

"因为你给多了小费，所以我猜你的心情应该挺好的，我就不一样，心情不太好。"

他又问为什么？我答我们既不是夫妻也不是情侣，却只给我们一间房，还有，这个房间看不到湖景，多少令人失望。

"严格来说，我们不是客人，而是供应商，主人愿意提供钟点房已经很卖面子了。"他答。

"你的意思是婚宴后我们得连夜赶回苏黎世？"我颇为惊讶地问。

"如果妳不介意付每晚高达六、七百瑞郎的房费，妳可以留下。对了，这家的早餐听说挺丰盛的，有鹅肝面包供应。"

都说"不看僧面看佛面"，我好歹也是他雇主的侄女，何必把话说得如此尖锐？这显示他刻薄的一面。

"我想换衣服了，Do you mind?"我沉下脸说。

"Of course not."

Hans走后，我把那件烟灰色的礼服拿出来穿上，再将花卉头饰戴在头上，然后坐在梳妆台前补妆。

～

不过两个钟头的光景，酒店的花园已搭起一个白色大帐篷，下面摆着十几张圆桌，桌上有名牌。

"别费心找妳的名字，因为我们是来工作的。"Hans说，此时的他已穿上与长裤同款的西装外套，显得精神奕奕。

"你的意思是我们得挨饿？"我问。

"酒店餐厅有卖吃的，另外，主人大概不介意我们喝酒水，妳可以喝香槟喝到饱。"

神经！谁会喝香槟喝到饱？又不是酒鬼。

"那么我们现在该干嘛？"我又问。

"观礼、微笑，其他交给我。"他答。

～

能包下一个六星级酒店办婚礼及婚宴的家庭肯定不一般，再怎么也得仪式满满，譬如阵容强大的伴郎及伴娘团、好几层的梦幻大蛋糕、萌萌哒的花童、能抠出钻石的百万婚纱……等。

想当然尔，Chloé和Yann都做到了（写上新娘和新郎名字的看板就立在婚礼现场）。

鉴于我的尴尬身份，我很自觉地站在最边缘处观礼，以致当新娘挽着父亲来到泳池旁加盖的舞台上时，我只能根据观礼人的现场反应来遐想婚礼进行到什么程度。好比现在，当牧师念完宛如外星语的法语后，掌声及赞叹声随之传来，肯定是新郎吻新娘了。

"真好，又一对神仙眷侣。"我心想。

婚礼仪式一结束，代表婚宴即将开始，客人鱼贯走向白色帐篷。我将身子让开，心里有种挫败感，好像自己并不属于这个阶级，虽然这是铁铮铮的事实。

"Hi，是妳！"

听到乡音，我转过头去，吓得拿不稳手中的香槟。

"妳没事吧？"他问。

"我……很好。"我把左手的高脚杯交给右手，因为左手湿了。

"妳等会儿。"

当那个混血儿再度出现时，我看到用小碟盛装的湿毛巾。

"我跟吧台要的。"他解释。

我谢了他，然后用毛巾擦手。

"妳也来参加婚礼？"

"……嗯！"

"妳哪边的？"

"什么？"

"是新郎这边还是新娘那边？"

由于他穿着统一订制的伴郎礼服，我猜他属于新郎这一边，所以我回答自己是Chloé那一边。

"我想也是，因为Yann这一边的人我几乎都认识。"他答。

嘘～还好没出糗。

"婚宴就要开始了，听说Yann的父母特别订购了上等鱼子酱，我挺期待的，我们赶紧入席吧！"

想到白色帐篷下无我的一席之地，哪好意思进入？

"座位都已经事先安排好，我们不一定坐在一起，你先过去，我……再等等。"

他问我是否在等同伴？我答没有，自己只身前来。

"那正好，我的同伴今天缺席，妳可以坐在她的位子上。"

"可是……"我东张西望，没看到Hans，他不知上哪儿去了。

"这种场合本来就该高高兴兴、热热闹闹的，放心，我不会吃了妳。"

听完，我噗嗤一笑。

想到Hans要我观礼及微笑（我已经做到了），那么蹭一顿饭又如何？大不了自费总可以吧？！

于是我跟着第二次见面的人走向白色帐篷。

第十一章/突发状况

大部分的西方发达国家，婚礼（包括婚宴）的费用由女方支出，还有，用餐前会致词，传统上由新娘的父亲、首席伴郎（the best man，通常大家会期待他说一些调侃新人的玩笑话）和压轴的新郎致词。

我和……（老天，我还不知他叫什么名字）走向靠近新人席的大圆桌。

"你叫Louis?"我问，因为桌上的名牌上写着。

"是的，妳今天就暂时充当Cora。"

我看到Louis名牌的旁边是Cora，而这个混血男人依旧没问我的名字。

"她是你女友？"

"不是，她是我同事，我们和新郎是一个圈的。"

好个一个圈！

坐下后，服务员问我们喝什么？Louis答香槟，我答威士忌。

"哇！妳喝这么烈的？小心喝醉。"服务员走后，他说。

"慢慢喝，没事的。"

其实我的酒量一般，之所以喝烈酒是想让自己快速放松下来，原因是：

1、这不是我的圈子，我有些胆怯。

2、我不应该坐在宴席上，张冠李戴并不让我感到舒服。

果然没一会儿我就如坐针毡，因为同桌的人陆续入座，除了Louis，我一个不识，更别说他们使用的是优雅而高贵的法语，刹那间我变得好低好低……

"妳去哪里？"Louis问。

"我去补个妆。"我答。

Beauté Palace 的洗手间不仅能坐下来补妆，还有化妆棉及香水供应，洗完手甚至有服务员贴心地递上擦手毛巾。

"Merci."我说，同时给了那个穿米色制服的服务员两个铜板。

她收下小费后，说了一长串法语，害我挺尴尬的，早知道就不给了。

回到座位上，Louis说我更加明艳动人了，显然这是谎言，我不过是擦个口红而已。

"咣咣咣……"有人轻敲玻璃杯引起注意，果然喧嚣的场面安静了下来，"@%¥€$&……"

"他说的什么？"我压低声音问Louis。

"无聊的婚宴开场白。"他压低声音回答。

接著又有几个人轮翻讲话，偶尔传来爆笑声，让我更显孤单，仿佛这欢快的气氛与我无关。

致词完毕后，《结婚华尔滋》的音乐响起，新人开始他们的第一支舞。舞罢，新郎护送新娘到她父亲那边，让他们父女跳一支舞，结束后，宾客们被邀请一起下场跳舞，与此同时，餐点开始供应。由于餐桌上已立着菜单，我因此知道吃的是非常正式的法国菜，前后共13道，依序为冷开胃菜、汤、热开胃菜、鱼、主菜、热头盘、冷头盘、果子露、烤肉色拉、蔬菜、甜品、开胃小菜、甜品等，而更令人惊奇的是第一道冷开胃菜便是姑姑家的鱼子酱，它们被装在底部是冰块的宽口杯里，伴随干冰的仙气及闪亮的金制小勺，豪门贵气立马显现。

我不急着吃，而是借机观察食用者的反应，无一例外，他们都被这个大手笔惊艳到，但是否合胃口就因人而异了。

"妳好似对鱼子酱不感兴趣。"Louis问我。

虽然他和同桌的人相谈甚欢，但不表示他没注意到我的一举一动。

"鱼子酱有股腥味，我不是很喜欢。"我答。

"那真可惜，这么一份起码两千。"

这个两千指的是瑞郎，非人民币。

我把杯子移向他，请他代劳。

"谢啦！"他用下巴指指，"金勺子妳可以留作纪念。"

可以吗？

我望向其他宾客，他们果然将使用过后的金勺子一一收起（当然经过餐巾擦拭后才放入包內）。我大喜过望，这么一根足金金勺，没有八千也有一万，没想到吃顿饭也能大赚一笔，太划算了！

"新郎新娘家真有钱，光鱼子酱就花了26万瑞郎，还不算上金勺子的价格。"我有感而发。

"Landolt家族当然有钱，花巨资办婚礼并不意外，但要起结婚礼物同样不客气，我买了新郎要的皮沙发送过去，妳呢？妳买了什么？"

"我……我买了灯，水晶吊灯。"

"我不知道Roche Bobois也卖水晶吊灯，"他喃喃道，"对了，妳怎么知道鱼子酱花了26万瑞郎？"

糟糕！

"因为……因为Chloé告诉我的。"

"嗯……"他皱起眉头，"就我所知，Chloé是个相当高傲的人，她根本不屑讲法语以外的语言，你们是如何沟通的？"

糟糕！糟糕！！太糟糕！！！

我还没想到合理的谎言，一位女士捂住嘴巴喊了出来，声音虽不大，但足以吸引现场所有人的目光。

这时，我遍寻不着的Hans不知从哪里冒了出来，他气定神闲地对宾客说着我听不懂的法语。语罢，那名女士跟着Hans走了。

"她怎么了？还有，她去哪里？"

"按照酒店工作人员的说法，那名女士对鱼子酱过敏，现在被请去医务室接受治疗。"

Hans被误认为酒店的工作人员，这也没什么，反正同样是工作，倒是我不知道原来鱼子酱也会成为某些人的过敏原。

Louis 解释鱼子酱是发酵食品，含有丰富的蛋白质氨基酸，对于特殊体质的人而言，这无疑会引发过敏症状。

"那名女士不知道自己对鱼子酱过敏吗？"我好奇一问。

"鱼子酱的种类很多，会对白鲟鱼子酱过敏的不见得也会对闪光鲟鱼子酱过敏，有时只是幸与不幸的机率问题。"

我虽"有幸"没出现过敏症状，但却"不幸"被再度现身的Hans点名到。

"顾小姐，请借一步说话。"他有礼地说。

本来我打算采"不理不睬"的姿态，奈何他又重复说过的话，而且就站在边上等我。

"他可是对妳说话？"Louis问我。

"我猜……是的。"

"妳姓顾？"

"嗯！"我起身，同时把膝上的餐巾放在座位上，"我现在就过去看看能帮上什么忙。"

第十二章/房号312

Hans带我走向312房。

"我以为我们要去探望那名对鱼子酱过敏的女士。"我说。

"Mrs.Martin拒绝上医务室，我们只好上她的房间。"

门打开后，我看到一个截然不同的房间，色调偏黑、白、灰，同时采用棕黄色作为跳跃色。此时阳光透过窗纱洒在棉麻的床品上，那舒适的沙发、灰色条纹的地毯、时尚的抱枕、经典的钓鱼灯……在在营造出安静而惬意的氛围。

然而在这么简洁舒适的环境下，我却看到一张浮肿且略带怒气的脸。

我怯生生地道了声"Bonjour"（你好），显然她不好，而且很不好，果然抱怨声随即就到。

"她说什么？"我问Hans。

"她说在这么重要的场合出糗，让她见不了人，这完全是我们的过错，她要求赔偿。"

赔偿？这也太夸张了！

没错，她的脸是有些大，但也没大到见不了人的地步，何况她本人最了解自己的身体状况，我们没办法保证每位食客都对鱼子酱不过敏。

这位女士听到我"甩锅"，立马将捂着嘴的手移开，我因此看到她那肿到外翻的红唇，有点儿像丰唇手术做失败，又像被大黄蜂蜇过，反正的确不美观。

没等我做出反应，她随即又把丝绸衬衫的钮扣解了，我因此看到胸口松弛的皮肤上有大大小小的疹子，有些已被抓破，显然过敏让她发痒，这绝对不好受！

也不知Hans从哪里拿来了止痒药水，他递给我。

"干嘛？"

"我是男的不方便，妳帮她擦药，态度摆低一点儿，身体不舒服的人难免气躁。"

我有些迟疑地走上前去。

"May I ......" 我硬着头皮问。

她虽脸色不豫，但没有明显拒绝我，于是我开始帮她擦拭。

由于涉及到隐私部位，我请Hans避一避，当他再度回到房间内，这位女士显然气消了（从说话的口吻可以判断出）。

"她说什么？"我又问。

"她说基于我们的态度良好，她可以选择原谅，只要负责明天一早载她回家即可，因为她的司机临时出状况，来不了了。"

"她家住哪里？"

"巴黎，开车大概需时4～5个小时。"

说远其实也不远，但如此一来我们便得在此过夜，一晚六、七百瑞郎的房费......噢不！应该乘以2，我可不想和一个"有点儿熟又不太熟"的男人睡同一间房。

"要不我们帮她叫出租车吧！"我提议。

"听着，这些人都是我们的潜在客户，我们得小心侍候，别为了芝麻丢了西瓜。"

我想想也是，虽然法律上我们无责，但和气生财，把这位女士的毛抚顺了，搞不好还能迎来几个大订单。

"那好，就按你说的做。"我答。

我回到酒店花园的白色帐篷下，Louis正和同桌谈笑风生。

"妳去哪里了？刚刚的鹅肝煎鲜贝很美味，可惜妳错过了。"

法国菜都是一人一份，错过了便撤走。

"我对干贝过敏。"

这是真的，但此时此刻听起来却像在置气。

"有什么不愉快的事情发生吗？如果我猜得没错，妳应该也是酒店的工作人员。"

我承认是工作人员，但非替酒店工作，第一道的冷开胃菜来自O-One，由我姑姑经营。

"O-One?"他皱了皱眉头，"莫非Brigitte是妳姑姑？"

"正是，你认识她？"

"不认识，但Cora认识，Brigitte雇她当辨护人，这也是她今日缺席的原因，因为材料搜集的过程很繁琐，时间又非常紧迫。"

"时间紧迫？"

"嗯！再过十天就得上法院进行调解，如果调解不成才会起诉，一旦起诉就麻烦了，双方都劳民伤财，不过对出庭律师而言却是好的，因为时间拖得越久，赚得越多。"

这么火烧屁股的事，姑姑竟然没告诉我！

"对方的诉求是什么？"我问。

"这不是我的案子，我不清楚……哇！辣猪排来了，妳应该尝尝这个，淋上洋芫荽叶汤汁的猪大排简直完美极了。"

我没吃第二道甜品便离席，因为心中有事。

等走出电梯，我才发现上错楼层，然而为时已晚，电梯门早合上并往下行，我只能等下一班。

就在等待的同时，我看见一个熟悉的人影从走廊尽头的房间走出来，如果记得没错，那是312房。

还好电梯门又打开，我快速躲了进去，并且猛按关门键。

"快快快……"我心祈祷着。

"Pardon……"是Hans的声音。

还好电梯门及时关上，他没看见我的脸。

"太奇怪了，我究竟在怕什么？"我心想。

当屏幕数字变成5，我步出电梯。

第十三章/第三次见面

我刷了又刷，房卡仍然起不了作用，没办法，我只好下到。层（底层）。柜台那个漂亮得宛如环球小姐的接待员歉然地表示我的房间使用时间已过，如想再次使用得付费（说的是英语）。

" How much is it for one night？" 我问。

" 800 Swiss Francs."

什么？竟然比Hans说的还要贵。

我问起其他房型的价格，她没有给出答案，反而说:" more, much more."

也许她并没有恶意，但听起来很逆耳。

" Give me the most expensive room you have ， please." 我冷冷地说。

虽然我不主张浪费，但该消费时，本人也没怕过，遇上这么一个"狗眼看人低"的接待员还是生平头一遭。

" Certainly. " 她递过来一张入住表格，" Please fill the form."

我回答我累了，想先入住再填写，直接给她软钉子碰。

"环球小姐"没为难我，按铃招来一位服务员。

那位长得像男星James Franco的人一看又是我，颇为惊讶。

" $#@&%……" 他对我说。

当又听到讨厌的法语（我一定是气炸了，平常我挺爱听人说法语，认为这是世界上最美的语言，没有之一），我立马用自己的母语炮轰回去："我累了，不想听废话，赶紧带路吧！"

大概看我一脸寒霜，他不再言语，直接带我上第五层。

我给了他不菲的小费（比今日稍早Hans给的还要多），他一改阴霾，露出迷人的笑脸。

" Could you give me some Champagne？ Please." 任性的事点到为止，我不再使用他听不懂的普通话，转而用英语要香槟。

他欲言又止了一会儿，点个头走了。

人走后，我打量起我的房间，和之前使用的那一间比起来，大了不止两倍，走的是"温馨精致风"，有小碎花墙纸及法式宫廷家具，浴室大到惊人（这是法式酒店的特色），阳台也同样可观。

我推开落地窗，已是日落时分，天边的一只橘红色火球悬挂在湖与天的交界，把四周围照得红通通的，让人不禁有"夕阳无限好，只是近黄昏"的感慨。

"扣、扣、"

听见有人敲门，我前去开门，发现是Hans，我让他进来。

"听前台说妳办入住了。" 他说，然后在纺织面料的法式沙发上坐下。

"是的。"我也坐下。

他左顾右盼后，问："这里几张床？"

虽然我要的是最贵的房，面积目测也有六十平米，可惜依然只有一张双人床。

"一张。"我答。

"面湖的套房一晚要价1700瑞郎，尚不含税。"他面无表情地说。

我知道自己要的是最贵的房，肯定不便宜。

"放心，我会自掏腰包。"我说。

"免了，方才我已打电话向Brigitte请示过，她说由她买单。对了，入住表格我已经代妳填写，在这里想吃什么、想喝什么，签个名即可，酒店留有Brigitte的信用卡。"

没想到姑姑对我这么慷慨！

"你呢？你住哪里？"我问，心中祈祷他别回答和我挤一块儿，即使睡沙发也不行。

"这里太贵了，Brigitte让我睡IBIS。"

IBIS是众所周知的经济型酒店，姑姑的"差别待遇"让我有被宠爱的感觉。

"明天几点走？"我问。

"酒店中午12点前得退房，Sophie和我约了12点半离开。"

Sophie？稍早前Hans还称呼她Mrs.Martin，如今却直呼其名，让人好不习惯。

我心里粗算了一下，12点半上路，到巴黎已是黄昏，再马不停蹄地开回苏黎世，午夜前若能抵达算运气好。

Hans答那没办法，总不能再住酒店，Brigitte已经火烧屁股了……

他的回答让我想起婚宴上Louis说过的话，如果属实，姑姑正面临一场棘手的官司，"破财消灾"免不了，我这时若再乱花钱，无异雪上加霜。

"知道了，明天我会准时在大厅等你。"我答。

"扣、扣、"

再度听见敲门声，我本想起身应门，Hans的动作比我还快，我乐得当一回主子。

门开了之后，一位服务员推来小车子，上面有一瓶看似昂贵的香槟、两个高脚杯及一个水晶盆（里面盛满硕大无比的草莓）。

奇怪，我没叫草莓呀！

"看来妳待会儿有客人，"Hans把服务员交给他的账单转交给我，"我走了，有事call我。"

我看了一眼账单，吓得心跳加速，但仍故作镇定地签上名字。

待两人都离开，我端着金黄色的琼浆玉液走到阳台，边欣赏美景边喝比一般商店贵出很多的香槟，还好滋味不错，多少减轻一点儿罪恶感。

昨晚我没吃晚餐就上床，一来我喝得酩酊大醉，路已经走不稳；二来那盆草莓是我吃过最好吃的草莓，不仅个头大，汁水还饱满，等吃完，我已经没有想吃任何东西的欲望；三年此行已花掉太多钱，不想再给姑姑添麻烦。

今早一睁开眼睛，当看到一室的光亮，心里很是欢喜。我赤脚跑向阳台，眼前尽是湖光山色，好不宜人！

"早安，洛桑！"我对着户外的山清水秀大喊，甭管他人投来奇异的目光，我一意孤行。

发泄完毕，我回房晨浴。洗完澡，刚好饥肠辘辘，我打到餐饮部叫餐，Pardon 了好几次才弄明白，原来一晚 1700 瑞郎的房价包含早餐，如果叫人送餐，另外收费。

想到已经花了巨资在房费上（就别提那一时兴起叫的香槟及没叫的草莓），我不该再将钱打水漂，不是吗？

于是我取消了送餐服务，下到 0 层的咖啡厅吃早餐。

这是我看过最国际化的早餐样式，想吃瑞士早餐的，有什锦麦片、黄乳酪；想吃法式早餐的，有羊角包、杏干；想吃北欧早餐的，有开口三明治、莓类浆果；想吃英式早餐的，有烤番茄、焗豆、扒蘑菇、香肠；想吃日式早餐的，有味噌汤、烤三文鱼、腌菜、米饭；想吃西班牙早餐的，有西班牙油条、热可可……众多选择中，偏偏没有我想吃的中式早餐（烧饼、油条、包子、豆浆等），岂不怪哉？明明华人的总人口数占全世界约 1/4，如此偏心眼，让人忍不住想吐嘈！

我边吃硬梆梆的日式米饭加腌菜边怀念起母亲熬的白米粥，那绵稠的口感，千金难买……

"早，没想到在这里遇见妳。"乡音再现。

我抬头一看，是那个混血儿。

"真巧！昨晚睡得好吗？"我问。

"很好……看样子妳也是一个人，不介意我坐下吧？"

"当然不介意，请坐！"我答。

第十四章/分道扬镳

他一坐下，服务员问他想喝什么？他答川宁早餐茶，另外又要了英式早餐。

"你住英国哪里？"我问。

"我住的地方比较特别，靠近公墓。"

"I'm sorry."

Louis 笑了，问我为什么要感到遗憾？

为什么？通常只有经济窘迫的人才会被迫住在荒郊野外且阴风惨惨的区域，不是吗？

他笑不可仰，好不容易才克制住。

"是的，事务律师的收入非常一般，充其量只能算助手。"

"别难过，等你当上大律师，一切都会否极泰来。"

这回他用餐巾捂住嘴，笑得眼泪都出来了。

"这很不礼貌，"我沉下脸来，"你能告诉我为什么发笑吗？"

"Sorry." 他用餐巾拭去眼角的泪水，"我失态了，平常我挺会克制自己，今天……算了，我们谈谈别的话题……妳叫什么名字？"

第三次见面，他终于想起要问我的名字。

"宛宛，顾宛宛。"

他问我可有英文名？我答没有，就是宛宛，顾宛宛。

"You're cute." 他说。

为什么？只因我没有英文名？

他答不是，而是我的个性可爱，和他认识的女生很不一样。

这勾起我的好奇心，忙问他认识的女生都哪样？

"很直接，彼此讲话在同一个频道上，这有好有坏，好处是不用费心去猜；坏处是少了那么点儿神秘感。"

"你的意思是我很神秘？"

"当然，像蒙上一层黑色面纱。"

我表示他误会了，我不过是一个很普通的人，一点儿也不神秘。

"那么可以问妳一个问题吗？"

"你问。"

"妳有男朋友吗？"

"……有。"

他问我为什么不爽快回答？

我又停顿了几秒钟，才答："无可奉告。"

来苏黎世不到一个礼拜，父母就分别给我洗脑，不外青年才俊都在海外，不妨睁大眼睛寻找，别为了一棵树放弃整座森林……

这是老生常谈，通常我会左耳进右耳出，如果不是前天下午与秦平的一番谈话，我恐怕还会一如既往地对这份感情忠心不二。

“对于下周的考试，我挺有信心的。”他说。

“那好，祝你旗开得胜！”

“再告诉妳一个好消息，我农村的家在拆迁名单上，我父母的意思是让我们在北京买个房，钱不多，算是首付。”

我答不用了，我家很宽敞，多一个人无妨。

“多一个人？妳该不会让我当上门女婿吧？我父母肯定不会同意，而且房子拆迁后，他们也需要有住的地方……”

“那好，他们买房自己住，我们……如果你不愿和我父母同住，我们另外买房。”

“这多麻烦？再说我姐力气大着呢！两老有时力不从心，我们若在家，也能搭把手。”

秦平曾邀我上他家，由于事先打过预防针，所以看到有些破败的四合院时，我倒没什么抵触心理，反倒他的姐姐秦合让我胆战心惊，一上来就抓我头发，后来虽然被"拿下"，也花了好一番功夫。我难以想象往后的日子里我得跟这么一号人物相处，以后若有孩子，难道让他跟着智障姑姑在同一个屋檐下生活？

“我看这件事得从长计议。”我说。

“没时间了，我父母的意思是拿到拆迁款就上妳家提亲，毕竟我们也处了四年，这放在我老家，孩子都能翻身了。”

“我……我……想一想……挂了吧！我不想影响你睡觉，毕竟你还得准备考试。”

"那好，我挂了，爱妳！"

"……爱你！"

这是第一次我感觉如此难以言爱。

所以当 Louis 问起我有没有男朋友时，我迟疑了一下，这个反应连我自己都感觉讶异，莫非我对秦平的心已经开始动摇？

～

吃完早餐，我逛了一下酒店附设的购物商店，发现价钱不是普通的贵，一束红玫瑰就要200瑞郎，可以买我昨晚的那盆草莓了（这么一比，红玫瑰好像也没那么贵，不是吗？）

由于没什么行李好打包，我决定躺在湖边晒太阳，让大自然洗涤我那颗烦躁不安的心。

等做完日光浴，时间也到了。我匆忙回房间拿上随身物，再下楼办理退房，当看到排队人群中有 Hans，我感到吃惊，他不是住 IBIS 吗？

等他办理完毕，看到排在队伍当中的我，很感意外。

"妳是 VIP 客人，不用排队。"他说，然后要走我的房卡。

既然有人代劳，我乐得在大厅坐下。同一时间里，我发现了一张熟面孔。

" Nice flowers, Mrs. Martin." 我说。

如果我猜得没错，她手中的那束红玫瑰正是几小时前我在酒店商店看到的，两百瑞郎一束。

马丁太太回复我优美的法语，看她脸色亮得发光，可见这个送花人不一般。还有，当过敏症状消退后，她的真实面容重现，虽然年纪有点儿，身材也横向发展，但不失为美女一枚，就像西方古画里走出来的仕女般，表现出一种太平盛世的美好。

"Bonjour, Mme Martin." 不请自来的 Louis 弯腰对马丁太太行贴面礼。

接下来便是法语时间，双方你来我往。虽然我挺享受听他俩讲法语，但这不包括被人指指点点。

"怎么了？"我问Louis。

"马丁太太说待会儿妳会跟着一起去巴黎。"

我承认确有其事。

"如果不介意，我可以载妳回苏黎世，反正顺路。"

我想起那个骨灰盒子，这是他的预定行程。

"你确定可以？"

"当然，我乐得路上有人陪我说说话。"

当Hans知道有人护送我回家，他的高兴溢于言表。

"太好了，如此一来，妳也不用舟车劳累了。"他说。

我是不用舟车劳累，但却苦了他。

"我看送完马丁太太，你找家酒店住下，明早再返回苏黎世吧！住宿费由我负责让姑姑替你报销。"

"那么恭敬不如从命，"Hans对我颔首，"谢谢妳，顾小姐。"

于是我们互道再见，然后往两辆不同的车子走去。

第十五章/消失的Annett

Louis 带我走向一辆老款的墨绿色车子，如果不是上面的玛莎拉蒂Logo及被擦得雪亮的车身，我恐怕要以为这是一辆等待被肢解的N手车。

"这辆车很特别！"上车后，我婉转地说。

"当然特别，它的年纪比我父母还大。"

"你租的？"

"不是，朋友的。"

我心想他的朋友也太小气了，就借他这么一辆破车（虽然车子看起来保养得不错）。

"从长期看，买旧车不如买新车，"我忍不住发表高见，"尤其这么一辆老爷车，它的零件很可能都停产了。换言之，维修起来很麻烦，费用也高。"

Louis 默默拿出一把看起来有些年代的车钥匙，插入后发动起来，光听引擎声就不一样，吵杂得很。

他边把车开出停车场边解说："玛莎拉蒂是以赛道发动机与赛道改装起家，但真正打造出赛道跑车却少之又少。这辆Tipo 61 Birdcage算是其中的经典，它搭载了一台直列4缸发动机，拥有250马力的最大输出功率，变速箱则采用5速手动。"

虽然我也会开车，但对车子的机件完全没研究，什么几缸、几马力、变速不变速……在我听来仿佛天方夜谭。

"这些听起来……很有意思，我猜这辆车应该不贵，毕竟都这么老了。"

"嗯……事实上有点儿贵，它算是古董车市场里的抢手货，虽然价格上有浮动，但三百万美元大概跑不了。"

三百万美元？有点儿贵？我问他是不是开玩笑？

他笑笑没回答，所以我也不清楚自己是否被糊弄了。

车子上了E23路，沿途不外蓝天及绿地，偶尔还能见到低头吃草的牛羊，除此之外就是一条高低起伏兼蜿蜒曲折的公路，如果身边少了说话的人，真的挺寂寞的。

"现在只要沿着E23、E25、A1往前开，再接三号公路东行就能到苏黎世。"他说。

Louis 忘了昨天我也是沿着同一条路从苏黎世来到洛桑，现在只不过是重复前一天走过的路而已。

"如果从洛桑开车到巴黎，是否也这么清晰明了？"我问。

"複杂多了，所以一般人会采坐火车的方式，大约三个多小时就能到；开车反倒费时，得五个多小时才能到。"

"这么说让Hans找家酒店住下是明智的。"我喃喃道。

Louis答他猜想 Sophie会留Hans住下，尤其她家……挺大的。

Sophie？马丁太太？

"希望马丁先生不反对。"我说。

"他当然不反对，也无从反对起，因为他已经作古很久了。"

我想起不久前马丁太太怀里的红玫瑰，又想起昨日下午因上错楼层，发现Hans从312房走出来的身影，心中感到隐隐的不安。

车子进入苏黎世老城区，兜兜转转后上了Bahnhofbrucke桥，再沿着Limmatquai往南行。

"如果让我选，我也会选择在尼德道尔夫居住，这一片算是老城区里最典雅的部分。"Louis说。

"环境是不错，就是房子老了点儿。喏！前面那栋灰蓝色的便是我姑姑的住所。"

"我喜欢老房，我家便是，估计比妳姑姑家还老。"

我想起Louis的家靠近公墓，加上他说住的是老房，我的脑海里开始勾勒出一栋摇摇欲坠的破房子，当夜幕降临，阴森恐怖的气息便直扑而上。

"你不怕吗？"我问。

"怕什么？"

"怕房子有鬼。"

"鬼？"他哈哈大笑，"宛宛，妳是我见过最有趣的女人。"

我被他笑得很不自在，有这样的疑问不是很正常吗？

"到了。"他把车停下，"这里只能暂停三分钟。"

本来我还想说些别离的话，甚至互留手机号码，但他一说有时间限制，我反倒开不了口（即使三分钟在我看来很充裕）。

"那么……谢谢你，再见！"我说。

"再见！"

我一下车，他马上脚踩油门扬长而去。

他的"迅速反应"让我很受伤，原来自己在"另一个男人"眼中如此平凡，平凡到不想再和我有任何联系。

～

忘了Hans的叮嘱，我又让电梯的弹簧门"响彻云霄"。

"该死！"我咒骂一句。

还好步出电梯后，我没忘了把內门及外门都合上（不想让Annett再有指责我的机会）。

没想到这个机会真的没有了。

"顾小姐，妳回来了，累了吧？要茶还是咖啡？"开门的是老余，姑姑刚雇用不久的司机。

我回答茶，他把我手里的行李接了过去。

"Annett呢？"我问。

"她……没来。"

"没来？生病了吗？"

"妳还是问妳姑姑吧！"

我进到客厅，迎接我的是一张毫无城府的笑脸。

"宛宛回来了，"她向我伸手，"就等着妳回家。"

我握住她的手坐下，心中感慨万千（姑姑的手很粗糙，还有手茧，可见不是养尊处优之人，她现在拥有的一切都是她打拼出来的）。

"这次的……商旅有点儿小事故发生，不过被Hans成功化解了。噢！对了，他为了送客人回家，现在正在往巴黎的路上，我答应帮他争取今晚的住宿费。"

"只要为公，我向来不小气，包括他提议给客人买束花，我也同意了，三百瑞郎，够贵的了。"

原来红玫瑰是Hans送的，等等……三百？我明明看到标价两百，难道自己眼花了？

"那个……我花了1700瑞郎的住宿费，还叫了东西吃……对不起……下次会节省一点儿。"

"没事，花在妳身上，我乐意！倒是Hans昨晚花了同样价钱的住宿费，我挺不开心的。虽然他帮了我不少忙，但我可没义务付高昂的房费，何况洛桑又不是没有经济型酒店。"

现在我知道为什么Hans也在Beauté Palace的柜台办理退房了。

"这可不妥，"我很不悦，"希望今晚他没选择希尔顿酒店或者香格里拉酒店入住，否则又是一大笔支出。"

"这倒没有，一个钟头前他给我发来短信，原来那个法国女人邀请他住在她家，Hans认为这是红玫瑰起到的作用。"

果然如同Louis猜测的一样。

"茶来了，"老余现身，"是乌龙茶，我从华人超市买来的。"

他不说，我已闻到茶香，不是一般西方茶能比拟的。

"谢谢你，老余。"姑姑喝上一口茶，"晚上吃什么？"

"鱼和青菜，都是少油少盐，而且不加糖。顾小姐的部分我会另外做，放心，绝对可口。"

"那好，辛苦了！"

老余退下后，我问起Annett。

"我让她在家好好练练厨艺再回来。"姑姑冷漠地答。

第十六章/和谐人生

瑞士的年平均温度只有8.6度C，可见是个寒带国家，还好我来的时间点刚入夏，白天大概一件长袖衬衫可打发，早晚再加件薄外套即可，好比现在，太阳还没下山，我穿的是宝蓝色醋酸面料长袖上衣，搭配同款小西裤，胸前挂着一个简约造型的金色吊坠，手里挽着三宅一生的银灰色皱摺包，脚踩Jimmy Choo的黑色素面高跟鞋。

"妳的打扮很恰到好处，礼服呢？"

我已经进屋好一会儿，姑姑这才留意起我的穿着。

"行李已经交给老余了，不知他搁在哪里。"

这么一答，我突然想起重要的事，忙问姑姑的意思是不是从此由老余接下Annett的工作？

"是的，他反正没事。"

"他有没有事不是重点，问题是两个女人的家里进来一个外人，还是个男的，这有多别扭？"

姑姑答老余的老婆去世两年多，死之前还瘫痪好几年，换言之，家务活一向由他包办，我大可放心。

显然姑姑并不了解我的担忧，我只好直言人心隔肚皮，何况姑姑与老余刚认识不久，所以……还是另外找人吧！

"另外找？"姑姑扬起声，"苏黎世的华人宁愿到餐厅端盘子也不愿到人家家里当家务员。如果雇用当地人，难保不是拙于煮饭、脾气又大。"

脾气大？我问Annett怎么了？

"那女人一听说自己被炒，立马表示要向公会提出仲裁，因为她自认无过失。"

我想起姑姑那即将到来的官司，若再加上这一桩，岂不雪上加霜？

"怎么办？"我忧心忡忡地问。

"不用担心，以我对Annett的了解，她只是发泄情绪而已，现在大概准备去下一位雇主家，没空搭理我，不过……"

"不过什么？"

"家务员的圈子小，估计Schneider家已经上了黑名单。"

什么？！这如何是好？尤其姑姑的糖尿病加重，已经到了坐轮椅的地步，我一旦离开，她和老余若闹起矛盾，岂不叫天天不应、叫地地不灵？

姑姑胸有成竹地表示即使闹矛盾，老余也不会舍她而去，何况我不会离开，因为O-One还得靠我经营下去……

我边喝乌龙茶边想着该如何戳破姑姑的"美梦"，一来我拿的是申根签证，有效期只有三个月；二来我对如何经营鱼子酱公司毫无概念也缺乏兴趣；三来秦平已主动帮我把考试延至今年的12月份，而我想入职四大会计师事务所的心意没变。

当我把以上三项"可能无法久留此处"的理由告诉姑姑时，她给出三个答案：

· · · ·

1、她已经帮我申请依亲签证，放心，律师会办妥一切，不劳我费心。

2、兴趣也可培养，想当年她连闻到鱼子的气味都能呕吐不止，现在不也适应得很好？

3、四大会计师事务所无非做会计的工作，**O-One** 的会计工作还会少吗？正好交给我处理，没有什么比用自己人更加令她放心的了。

老天！我的困境就这么被姑姑四两拨千金地给"和谐"了。

山不转路转，我立刻又给出"困境加强版"：

1、依亲签证只能居住不能工作，既然不能工作，**O-One** 的事务我爱莫能助。

2、如果有幸入职四大会计师事务所，前景非常可观，百万年薪不是梦，一般的家族企业恐怕给不起这个价码。

3、我已经有个谈婚论嫁的男友，他正等着我回去。

别看姑姑是个外表柔弱的中年人，但思维敏捷，仿佛身怀绝技的武林高手，一出手，立马杀我于无形。

喏！听听她的答复：

1、依亲签证办完，紧接着办理收养手续，目的是让我拿到瑞士护照。如此一来，工作权的问题便解决了。另外，在得到合法工作权前，暂由 **Hans** 当我的导师，姑姑也会时刻给予意见。

2、O-One也许给不了我四大会计师事务所的百万（人民币）年薪，但它的估值超过上亿瑞郎，哪天我不想干了，分分钟能成为"小富人"一枚。

3、秦平只是我男友，只要没扯证，一切都是浮云。

听完，我连吞好几口口水。秦平的事暂且不谈，一个上亿资产的公司老板娘居然住在市区的老公寓内？果然欧洲的富人们如同传说中的低调。还有，姑姑为什么要收养我？我父母肯定不会同意！

没想到在姑姑口中，那对把我视同天上星辰般珍贵且稀缺的父母很快便答应下来，搞得我很不是滋味。

此时老余出现了，身上的粉红色围裙很扎眼。

"余叔叔，那是Annett的围裙，快脱下来，明天我上商场给你买件男用的。"

"不用麻烦，我已经买了，只是忘了带过来。"他转向姑姑，"晚餐准备好了，现在用餐吗？"

"好的，"姑姑望向我，"宛宛一起来？"

"嗯！"我用力点一下头。

第十七章/吃里扒外

和传统中国家庭的大鱼大肉兼几菜一汤不一样，Schneider家的桌面上很冷清，就两个大盘子外加两杯饮料，食物看起来倒是比Annett"在任"时有食欲多了。

"哇！连葱烧鱼块也做得出来，余叔叔你好了不起呀！"我把眼睛笑成弯月型，因为来瑞士四天了，终于吃上家乡菜。

老余说还好苏黎世有华人超市，否则做起中国菜来，那简直是场灾难。还有，虽然姑姑的菜好料理，无非少油、少盐、少糖，烹调方式也以清蒸及水煮居多，但我的部分不一样，为了做出正宗的口感，他特地从他家院子拔了大葱带过来，因为瑞士的大葱无葱味，纯粹拿它当装饰用，譬如在烤物上撒点儿以增加美观性，但尝起来一言难尽。

对于十指不沾阳春水的我而言，小葱、大葱、香葱没什么区别，遑论有没有葱味。

"余叔叔，我的嘴不挑，就算以姜代葱，只要好吃即可。"我答。

姑姑乐呵呵地笑道："还说嘴不挑，真正不挑的人，就算难吃也吃得津津有味。"

听姑姑这么一说，的确，我还真没吃过难吃的，若有，我也不会委屈自己咽下去，而是另外叫别的吃或索性换家餐馆。

"顾小姐的意思其实我懂，无非让我别大费周章。"老余说。

"是的，我就是这个意思。"

"妳真善解人意，跟年轻时的Brigitte很像……"

"老余，"姑姑插嘴，表情严肃，"你太多话了。"

那男人脸上的笑意还未散去，被姑姑一盆冷水泼下来，显得有些狼狈，我忙将话岔开。

"余叔叔，你家离这里远吗？"我问。

"很近，走路不到十分钟，哪天妳可以上我家。"

"宛宛哪里也不去，"姑姑再次插嘴，表情更加严肃，"她在这里陪我。"

"是，是的……时间晚了，家里的猫还等着我喂，妳们慢用。"

老余走了，虽然看起来没有不悦，但难保心里不堵得慌。

我一边吃着可口的饭菜，一边想着该如何"点醒"姑姑，好让她明白如果赶走老余，她想再次请人很困难，尤其余叔叔并没有说错话。

"老余……"、"余叔叔……"，我们同时开口，我让姑姑先说。

她清了清喉咙，像要开启一个冗长的故事。

"老余……当老余还不老时，我们就已经认识，并且发展到谈婚论嫁的程度，可是有一天他突然对我说为了能永远留在德国，他决定跟有德国国籍的华裔结婚，当时我的心都碎了。再次相遇是他主动找的我，因为妳姑丈突然去逝，遗产纠纷上了报纸头条，他通过报导知道我是O-One的老板娘，再经过蹲点，知道我住哪里，重逢的场面……哎！说来话长。不管如何，我后来雇用了他，但每每想到他曾有过的背叛，我怎么可能给他好脸色看？"

原来如此！难怪老余提起"年轻时"的姑姑……

"既然心有芥蒂，何不另外找人？"我问。

"因为他的态度良好，而且表明是为了赎罪而来，我也想借机考验他，看他是否真的认错。"

有句话"爱的相反不是恨，而是不在乎"，从姑姑的反应来看，我认为她对余叔叔还是有感情的，当时有多爱，现在就有多恨。我骤然明白她为什么老泼那个男人冷水，因为内心还有怨气，意难平呀！

"余叔叔现在……单身，姑姑也……单身，也许……"

"没有也许，当初他弃我而去，还让我失去这世上最珍贵的东西。我恨他，到死也恨，就算他投胎换骨活成另外一个人的样子也无济于事，我跟他是绝对不可能的！"她停顿了一下，"妳别往那个方向想，这对即将到来的官司有害无利，当前最重要的是打赢官司。"

刚开始，我以为姑姑铁了心不与背叛过她的男人有任何雇佣以外的关系，听到后来，我又犯迷糊了，这话说得不清不楚，予人想象的空间。

"余叔叔有孩子吗？"

这寻常的一句问话却让姑姑红了眼眶，她哽咽地答："有，两个，都是女孩，一个就读巴塞尔大学。"

"另一个呢？"

"另一个……"姑姑看着我，似有千言万语，"死了。"

"死了？没想到余叔叔这么可怜。"

"有什么好可怜？"姑姑冷哼一声，"他连自己当了父亲都不知道！"

姑姑给了我名片，交待我跟她的律师谈谈官司的进展。

我看了一眼名片，虽然写的德文，但名字是Cora，和Louis说的吻合。

"怎么办？我不会说德语。"

"放心，这里的人大部分会英、德、法三种语言，听说她的同事中甚至有会说普通话的，于是我便把办理依亲签证及收养手续的事交给那位据说普通话六级的事务律师，毕竟这件事牵扯到瑞、中两国。"

会说普通话的事务律师……难道指的是Louis？

姑姑答她也不清楚，是Cora推荐的，约了明天上事务所见面。

"我也去吗？"

"不用，妳去见Cora，就在同一栋楼里，只是不同的办公间。"

如果我记得没错，Louis在伦敦工作，难道我们说的不是同一人？

"见过律师后还有别的安排吗？"我问。

"有。我上医院做血检，妳到店里转转，查查Hans有没有做吃里扒外的事。"

由于姑姑一脸正经，我也无从判断她是否在开玩笑。

"如果有呢？"我忍不住问。

"如果有，我立马取消他的工作签证。"姑姑答。

第十八章/高傲王子

秦平发起视频通话请求时，我正和姑姑喝茶，想着待会儿谈完话就给他回电，没想到茶喝完了紧接着吃晚餐，等我回到房间，北京已经过了午夜。

"秦平有重要考试，还是别吵醒他，让他睡个好觉。"我心想。

没想到我这厢体贴入微，他那厢却全然没有将心比心。

"喂！"我意识茫然地接听。

"为什么不和我通话？"

我睁开惺忪的双眼望向床头柜上的小钟，凌晨两点多。

"平，我困死了，能不能睡醒再谈？"

"妳是不是不爱我了？"

"什么？！"我停顿了一下，想确认自己不是在做梦，"这跟爱不爱有什么关系？三更半夜的，你也不怕我睡眠不足？"

"……对不起，妳睡吧！我不吵妳。"

挂上电话，我很快入睡。梦里，我回到了大学食堂，我点了秦平最爱的牛肉面，他点了我喜欢的韩式拌饭，然后我们互相喂对方吃东西。我很快就饱了，秦平一如既往地把剩下的食物全扫进他的肚里去，彻底实践"光盘"行动。

～

我被一股肉香给唤醒，刹那间，我以为回到北京的家，阿姨正给我煎肉饼当早餐。

"余叔叔早！"我走进厨房，和正在忙活的老余打招呼。

"早！昨晚睡得好吗？"

"还不错，除了半夜被吵醒外。"

"是打错电话的吗？"

我本来想告诉他是男友的来电，但又怕交浅言深，所以只是"嗯"了一声，含糊带过去，谁知老余却上岗上线，要我睡前将手机调成静音，因为好睡眠对个人健康很重要。

虽然心中嫌他啰嗦，但我还是柔顺地答应了，然而他依旧纠着这个话题不放。

"妳姑姑的睡眠不好，连手表的滴答声都能让她反侧难眠，所以睡前她会把腕表取下，用布包好再塞进抽屉里。"

"你怎么知道？"

老余语塞，支支吾吾了半天，我才猛然想起余叔叔是姑姑的旧情人，两人还曾有过一个孩子，这么隐秘的事肯定知道。

"好久没吃牛肉馅饼了，是你亲手做的吗？"我岔开话题。

"当然，苏黎世的中餐厅虽不少，但还没有一家卖牛肉馅饼的，刚好让妳尝尝老余家的绝活。"

"还有老余家的大葱。"我补上一句。

他想了一下，笑开了，答："没错，老余家的大葱绝无仅有。"

～

吃完肉香四溢的牛肉馅饼，老余载我和姑姑上律师事务所，就在河对岸，离班霍夫大街不远。

我很快便在办公楼底层发现Caesar Chance事务所的名牌。

"宛宛，待会儿妳在三层下，我到四层找……老天！我也不知找谁。"

老余要姑姑不用担心，向前台报上Brigitte的名字即可。

"没错，妳是付钱的人，他们巴结妳还来不及呢！"我开着玩笑。

然后我们一同进入电梯。

～

Cora是个身材高挑的金发女郎，笑容很甜美，但又不是无脑的那一款，算柔中带刚吧！

她请我入座，打发完助理的问话（要茶还是咖啡？）后，她问我Brigitte可好？又问我需不需要普通话翻译？一小时两百（当然是瑞郎）。

我答想试试自己的英语沟通能力，只要她有足够的耐心。

" Of course I do, but you do know I charge by the hour, don't you?"

虽然钱对我来说向来是小事，但一听说请翻译要钱，而我如果把会面的时间拉长（因为自己的英语不流利）一样要多收费，心中不免有些郁闷。

" All right. Can we start now?"我催促赶紧进行谈话。

79

这场会面花了1小时15分钟，我不知道Cora是不是收两个小时的费用？如果是，那姑姑实在太亏了。

走出会议室（和律师谈话不在个别的办公间，而在公用的会议室，这和想象的不同），Cora要我放心，她会尽力帮我们母女俩争取最大的利益。

"Well，Brigitte isn't my mother. She's my aunt."

Cora对我的身份更正一脸狐疑，我才想起姑姑不是计划要收养我吗？那么也算是法律意义上的母女关系。

"Sorry, my mistake. She's my mother."

听完，Cora松了一口气，同时表示理解，毕竟不同的语言容易带来误解。

我下到0层，电梯门一打开，我便看到了老余。

"余叔叔，我姑姑呢？"我问。

"她还在和律师谈话，但我已经收到她的短信，她要我陪妳走回店里，因为那里不好停车。放心，几分钟的路程而已。"

"你一直都在大厅等吗？"

"是的，送Brigitte上四楼会议室后，她便赶我走。"

我问接待姑姑的人是男还是女？

"男的，一脸傲气，仿佛自己是王公贵族。"

我笑了，问那位王子是不是混血儿长相？

"有点儿，坏在眼睛泄露了秘密，如果不是单眼皮兼狭长的眼型，估计看不出是个混血儿……对了，妳怎么知道那人是混血儿？你俩认识？"

于是我把飞机上的偶遇及后来阴错阳差的数次见面告诉他。

"好奇妙的缘分呀！希望这是段良缘。"

我问他为什么这么说？他答年轻时他曾错过一个好女孩，转而选择另一个让他少奋斗的人，无奈这是段孽缘，他也付出了代价，终于才明白人和人之间是讲缘分的，强求不来。

"余叔叔，你误会了，我已经有男友，和混血王子是不可能的，因为他对我不来电。"

"那正好，我挺不喜欢高傲王子。走，我陪妳走到班霍夫大街。"

于是我们推门而出。

第十九章/出师未捷

依旧是那间宽约六米的店面。

"好几次我经过这家店，但一直不敢进，因为……妳知道的，口袋里若没有万把块钱，我怕被店员嫌弃。"

老余说完，正打算推开那扇深褐色大门，被我给阻止了，我示意他跟我走到街道转角处。

"妳的意思是要我给店员找麻烦？"

"是的，你假扮乡巴佬，看她们做何反应。"

老余问为什么？我答我有预感那两个洋女人会"狗眼看人低"，这不是待客之道。

"万一遇上Hans呢？他和我有数面之缘。"

"放心，除非他天刚亮就从巴黎启程返回，否则现在应该还在路上。"

"行，为了顾小姐，我两肋插刀在所不辞……对了，忘了告诉妳，大学时我可是话剧社社长，所以演戏对我来说小菜一碟。"

"那么麻烦你了，"我对他鞠了个躬，"我在对过那家咖啡馆等你。"

～

老余进咖啡馆找我时，我叫的咖啡和薄饼还未送到。

"已经中午了，余叔叔想吃什么？"我问

"不吃了，说完话我就走，妳姑姑还在等我呢！"

接下来我听到的故事如同我猜测的一样，那两位店员果然势利，对老余这位没见过世面的顾客爱理不理。

"确切地说是冷暴力，冷到能在地板下抠出一个两室一厅，但当别的顾客出现时，她们又是另一副脸孔。"老余追加了几句。

我沉默一会儿后，回答知道了，我会处理的。

"那么我去接Brigitte了，"他起身，"去晚了她又有话说。"

"放心，我会转告姑姑别责怪你。"

"顾小姐，这万万使不得，请什么话都别说，保持沉默就好。"

看老余诚惶诚恐的样子，我心中感慨万千，他简直把姑姑当成了老佛爷。

吃完薄饼、喝完咖啡，我刚好也整理好思绪。

"是时候教训那两位势利小人！"我心想。

第一次进入 O-One 鱼子酱专门店时，我是由Hans带着，虽然没被正式介绍，但两位店员对我客客气气的，只是那种客气稍嫌生分。

今日我一现身，冰雪女王立刻堆起笑脸；反观我，却是一副兴师问罪的高姿态。

挑剔完这个和那个，我把势利二人组分别叫到店后的小办公室训话（店前总得留个人好服务客人）。当我阐述自己的服务理念时，那两人似乎说好了"以不变应万变"，就是那种既不反对也不支持的模棱两可态度。

" Understood?" 我问。

" Yes, Madam."

既然她们二位已做到臣服（至少表面上是），我也有大度量不予计较，可是当我要求看销售报告时，那两人竟然主次不分（Freja表示必须得到Hans的同意才给看，即使"真正"的老板娘来了也一样，Gaby 稍后也回复同样的答案）。

就因为"真正"二字的使用，让我憋了一肚子火。O-One的拥有者是不是Hans，他们二位的反应正巧应验了那句话："老虎不在山，猴子成大王。"

我在法式圆桌前坐下，喝完两杯红茶后，发现那两位冰山美人依然对客人很高冷，我不得不接受自己尚无实权的事实，正准备打道回府时，Hans回来了。

"你终于回来了。"我冷冷地说。

"是的，还带回来一个大订单。"

"是吗？"我故作镇定，"有多大？"

我因此知道马丁太太的六十岁大寿将至，她打算好好奢侈一下，预算是二十万欧元。Hans推荐开鱼子酱派对，由O-One负责一条龙服务。

"我不知道O-One的业务这么广，连派对活动也包办了。"

"妳不知道？"Hans皱了皱眉头，"怎么Brigitte说由妳负责？"

由我负责？我太惊讶了，忙问是什么时候的事？

"昨晚。我一拿到口头订单就联系老板娘，得到她的首肯才签的约。"

既然是姑姑决定的，我也不好说什么。

"派对何时举行？地点在哪里？"我接着问。

"在巴黎近郊的葡萄酒庄园，时间订在两个月之后，"他停顿了一下，"希望在那之前，O-One的官司调解结果能皆大欢喜，否则我就惨了，Sophie那里我没法儿交待。"

他不说，我差点儿忘了姑姑官司缠身。

"对了，刚刚我要求看销售报告，那两位……"我望向站在柜台前待命的洋人，"表示得经过你的批准。"

"呵呵！什么批准？我不过是个打工仔，小老板想看销售报告天经地义，不过能不能给我两天的时间整理一下？我刚从巴黎赶回来，身心俱疲，Sophie答应让我休息一天，我是基于责任心，回家前特意弯到这里查看。"

既然是姑姑决定的，我"再度"不好说什么。

"行，两天就两天。你不在的时候，我刚好接替你的工作。"

Hans欲言又止，最后还是把话吞下去，说完"Good Luck!"后，他回家休息去。

我重新回到法式圆桌喝我的第三杯红茶，直到两个女学生模样的华人推门进来。

第二十章/箭靶子

"哇！这家店是卖什么的？好高级的样子。"剪波波头的女生兴奋地说。

"会不会是冰淇淋店？妳看！那里有个冷藏柜。"穿牛仔短裤的女生答。

然后她们两人走到柜台前指指点点，时不时笑得花枝乱颤，好像没注意到店员的脸色越来越难看。如果我猜得没错，此刻Freja和Gaby的心里正在骂娘，如果给她们人手一把扫把，大概分分钟能将来客扫地出门。

"Excuse me. What are these?"波波头不懂察言观色，依旧指着展示柜里的东西问。

Freja冷冷地答那是很贵的高级品，非常非常的贵，只有特殊人群才吃得起……

也许咱们女同胞的英语听力不行，一时没反应过来，但我不一样，不能任由自己的店员明目张胆地欺负客人。

"这些是鱼子酱，"我走上前去，同时支开那两个势利女人，"也就是鱼卵，一般来说需要等待很多年才吃得上。"

"鱼卵？啧啧啧！有人爱吃这个？想想就好恶心。"波波头说。

我同意，有人爱吃，有人不爱吃，所谓"青菜萝卜各有所爱"嘛！

然后波波头问我这玩意儿能不能试吃？牛仔短裤紧接着说她也要。

我陷入两难。记得几天前的第一次试吃，我把100欧元给吃没了，眼前可是两个人，也就是两百欧元。

"妳们来瑞士几天了？住在哪个酒店？"我问，打算先摸摸底再决定怎么做。

波波头想回答，但被牛仔短裤给制止了。

"我们来这里两天了，就住在附近的……柏悦酒店，一晚要价五千多元人民币。"牛仔短裤答。

我心想既然住得起五星级酒店，想必也付得起价昂的鱼子酱，于是用贝壳制小勺各挖了两勺（展示柜里有十几个锡罐，由于没标价，我只能选一款看起来比较便宜的让她们试吃）。

"哇噻！好腥呀！"波波头说完还做出呕吐状。

牛仔短裤倒是不动声色，她指着另一罐黑不溜秋的鱼子酱，要我也给她们来点儿。

这罐鱼子酱我认得（我试吃的就是这个），Hans曾介绍那是白鲟鱼子酱，一口下去能买一张东南亚境内的短程来回机票。

"刚刚吃的喜欢吗？"我问牛仔短裤。

"还行……放心，我们不会白吃的。"

有了她的保证，我再次让她们试吃。

"嗯！我觉得这个比第一个好，那么……给我们来半斤吧！"牛仔短裤豪气地说。

半斤即250克，我心想好歹也把试吃的钱给赚回来了，不禁松了一口气。

由于不知如何称重及打包，我招手让那两位冷眼旁观多时的店员前来帮忙，自己则负责和"大客户"套近乎。

"喜欢瑞士吗？"我问。

"我好喜欢瑞士，"波波头答，"山明水秀的，道路也干净，就是东西贵，餐厅里连杯水龙头里的水也要收费。"

这倒不假，不过对有钱人来说向来不是事。

"买完鱼子酱，妳们打算开派对吗？"我又问。

"开什么派对？"牛仔短裤说，"到超市买条法棍夹着吃，省钱！"

我一听，心里喀噔了一下。

" Here's yours." Gaby 把一个精美纸袋交给波波头，" 2000 CHF."

波波头接过后吐了吐舌头，问我怎么这么贵？吃个龙虾也要不了两千元人民币。

我纠正是瑞郎。

牛仔短裤顿时脸色大变，她从波波头手中抢走纸袋交到我手里，说："抱歉！钱不够，我们去取。"

然后那两人快步离开，样子像是落荒而逃。

为了不给Freja和Gaby看笑话，我佯装镇定地说那两位客人去取钱了，同时交待把客人要的东西冷藏起来，以免影响口感。

"冰雪女王二人组"听完倒没说什么，但那轻蔑的表情我一辈子也忘不了。

由于被客人当猴耍，我没脸再待下去，找了个借口离开，把不久前要接替Hans工作的豪情壮志给丢在脑后。

走出店外，我原本想直接回姑姑家"负荆请罪"，后来想想还是先平复一下心情比较妥当，免得敍述起来怨气十足，倒像是全世界都亏欠了我一样（没办法，我们顾家就是这么"善解人意"）。

我沿着利马特河往南走，湛蓝的河水倒映着蓝天白云及两岸的古老建筑，河上泊着游船，游船上罩着油布，一切都静静的，没有喧嚣与奢华，有的只是安逸与舒适……

告别利马特河后，我沿着羊肠小道开始爬坡，当爬完细窄的台阶后，眼前豁然开朗，这里便是林登霍夫山丘，罗马时代最初的税关关卡处。

讲到此税关关卡，当初是以拉丁语中的"军事收税"来命名，后来到了日耳曼语中，音变成了"苏黎世"（Turicum），这便是苏黎世地名的由来。

你若问我为什么会知道？倒不是我见多识广，而是大四写毕业论文时无意间搜到的（关税等于钱，凡与钱有关，都是会计专业的范畴）。

登高望远后，我沿着小路下山，这里的居民楼只有三、四层高，每家的庭院和窗台都被绿植和鲜花所包围，一座座精美得宛如童话世界里的小屋。

兜兜转转后，我又回到利马特河，古老的旧桥、仿古的街灯、高耸的教堂……恍惚间，我仿佛回到了中世纪的古王国。

"嘟……嘟嘟嘟……"是秦平的来电，我接听了。

"我以为妳会打给我，在家等了一整天。"他说。

我看了一眼手机上的时间显示，苏黎世下午五点，意即北京的晚上11点，秦平说等了我一天也说得过去，不过真的只是为了等我？

"昨晚……不，今天凌晨两点多我没说会打给你，而是说睡醒了再谈。"

"妳睡醒了吗？"

就因他话里的揶揄，加上今天稍早的出师不利，我累积了不少负能量，正好将千里迢迢外的男友拿来当箭靶子。

"还没睡醒，整天浑浑噩噩的，也不清楚是你真的打电话给我还是我做梦梦到的。"

"那好，你继续睡，我继续明哲保身。"

"如果这是你要的，我没问题。"

然后我听到"磕"的一声，秦平果然挂我电话。

"挂就挂，最好别再打来！"我赌气地说。

第二十一章/绅士的品格

利马特河两岸有三大著名教堂，分别为东岸的苏黎世大教堂及西岸的圣母、圣彼得大教堂。

你若问我该如何分辨？方法很简单。喏！双塔耸立的便是苏黎世大教堂，有铜绿色尖顶的是圣母大教堂，而有硕大钟面的则是圣彼得大教堂。

研究教堂建筑的人恐怕可以为此写出数万字的报告，但对于游客而言（没办法，我还是无法接受自己得待在这个城市好一阵子的事实），只有值不值得拍照的问题。好比现在，我拍了多张照片，由于没带杆子，自拍的角度怎么都取不好，一位老外见状，自告奋勇要帮我拍，拍完后又问我能不能和亚洲美女合影？

"Me?"我手指自己。

大胡子点头。

我看那人不讨厌，便同意了。照片后来被我发到了朋友圈，连同那些美到不行的风景照。

告别大胡子后，我继续南行，虽然已是晚上六点多，但到处还是亮晃晃一片，估计要到夜里九点以后才会天黑。夏日畫长代表冬天的太阳就稀缺了，希望在寒风吹起前我已回到北京的家，因为我可不想当"夜行"动物。

我边想边踽踽独行，当走到Stradthausquai和Lochmannstrasse交叉口时，赫然看到一个穿正装的人从酒吧里走出来。

"是你！"我轻喊。

他愣了一下，随即松了一口气："没错，是我。"

很奇怪！我和眼前的这个男人冥冥之中好像有一根线牵引着，相遇又错过，错过了再相遇……

"你和朋友有约？"我问。

"怎么说？"

我指指酒吧的招牌。

"噢！妳指这个……没有，只是经过，进去喝了一杯，顺便整理一下思绪。"

"整理思绪？"

"嗯！我正在休假中，临时得了个任务，所以……"他踌躇了一会儿，"如果没事，我们走一走，顺便聊聊！"

然后我们过桥往南行，沿途是苏黎世湖的旖旎风光，适逢日落，湖天交际处渐渐成了紫红色，像一个清新小女孩偷偷抹上了胭脂……

"妳今天上哪儿去了？"他问

"跟Cora谈过话后，我到店里转转，后来散步遇到你。"

我刻意将那段被糊弄的不美丽回忆抹去。

"想必Cora已经告诉妳调解方的要求。"

"是的。姑姑的公婆要求O-One估值的一半，看似公平，其实是毁了O-One，因为除非变卖，姑姑哪来那么多现金？我提议给股份，按利分红，Cora答已经给过offer，但对方不接受，只想拿钱走人，再无瓜葛。"

Louis问我有没有想过为什么Mr.和Mrs. Schneider会如此决绝？

这也是我无法理解的地方，按理说都是一家人，相煎何太急呀！

"看来妳是局外人……不对，妳是当事人，迷迷糊糊的当事人。"

我问什么意思？他答没什么。

没什么就是有什么，这家伙真会吊人胃口！

"你和我姑姑都谈了些什么？"我再问。

"无可奉告。"

我顿时傻眼，这个回答也太不近人情了吧？

他随后解释："如果我是个善于传话的人，估计还没当上大律师就被fired掉了。妳是学会计的，应该懂得守秘的重要性。"

"那么又是谁告诉你我是学会计的？"

"是……妳猜！"

我撇撇嘴，算他精明！

走着走着，Louis问我有没有察觉到这个城市好干净？

不用他提醒，我早留意到了，原来苏黎世人这么有素质，了得！

"据说这里的清洁员每天趴在地上擦地，有个作家甚至夸张地说在苏黎世喝汤不需要容器，因为洒在地上也能掬起来喝。"

"呵呵！真的太夸张了，我肯定不喝……我不可能喝的……我不要……真的不要！"

说完之后，我一抬头，看见Louis正温柔似水地看着我。

"怎么了？"我问。

"没什么，"他的温柔褪去，换上冷漠但不失礼貌的微笑，"前方是中国园，我们进去看看！"

中国园？苏黎世也有中国园？

Louis答当然有，还是昆明市政府送的，因为两市是友好姐妹市，前者仿"翠湖公园"的格局，将一座优雅别致的中国园林送给了苏黎世人。

"那真得瞧瞧！"我笑答。

据Louis介绍，这是海外最大规模的中国式园林，以"岁寒三友"为主题，面积虽然不大，但相当精致……

在国内我也曾参观过不少的中国园林，对于石狮、黄瓦、红柱、回廊、小桥流水、雕梁画栋、古色古香的凉亭……并不陌生，这个海外的中国园算是很好地保留了原味，如果不是园内参观者的肤色太杂，我恐怕要以为自己回到了中国。

"喜欢吗？"他问。

"当然喜欢，自家的东西怎么可能不喜欢？"

Louis答他喜欢日式园林多一些，因为禅味比较浓。

"讲到园林和禅，这本来是中国的东西，后来被日本人给剽窃了。"

"一开始可能是剽窃，但人家不也发扬光大了？"

我想反驳，却不知从何说起，只能沉下脸来，气氛一下子降到冰点。

"闭园时间差不多到了，"还是他先开口，"我的……酒店就在附近，妳有什么计划？"

"能有什么计划？当然是回姑姑家。"

"那好，我们一块儿走。"

我以为他会送我回家（像所有绅士会做的一样），没想到一步出中国园，他的手往右一指："妳沿着这条路往前走，当看到seehofstrasse的指示牌时，往右走两个blocks再左转直行就是了。"

苏黎世的老城区不大，不用他提醒，只要知道大概的方向，不可能迷路。

"你呢？知道怎么回酒店吗？"我故意问。

他笑了一下，样子像是我问了一个可笑的问题。

"当然，我已经不止一次入住了。"他答。

第二十二章/口误

忘了Hans的叮嘱，我又让电梯的弹簧门"响彻云霄"。

"该死！"我咒骂一句，忘了电梯里还有一个不苟言笑的中年妇女。

我吐了吐舌头，期待她别开口说话（这时开口，肯定话无好话）。

还好那一脸寒霜的女人很快步出电梯，我继续上行到第五层。

"%#¥@%……"

我一走出电梯，还没走到姑姑家的铁灰色门，楼下传来说话声……不，是咒骂声，说的什么？不懂！

"顾小姐回来了。"老余说，身上的围裙果然阳刚许多。

"余叔叔，这件围裙真适合你，看起来很专业的样子。"

"妳的意思是我是专业的家务员？"

"呃……也不是啦！就是……你知道的，Annett 的围裙很不适合你。"

"呵呵！我不过是随便说说而已，妳怎么就认真了？快进来，妳姑姑正等着妳喝茶呢！"

我进到客厅，看到一张笑脸，姑姑像永不落山的太阳，时刻给予我温暖。

"宛宛，吃饭了没？"姑姑问，同时替我倒了一杯茶水。

"没吃，我不饿。"我呡了一口热茶，茉莉的香味扑鼻。

"Hans 说妳下午四点就离开，现在都……"她看了一眼墙上挂钟，"都八点多了，妳上哪儿去了？"

如果我记得没错，Hans早我一步先走，他又是如何知道我四点离开？肯定是Freja和Gaby告的密，这两个间谍！

"我随便逛逛，还遇到Louis。"

"Louis? 妳是说……"

"没错，就是那个办依亲签证及收养手续的事务律师。"

姑姑脸色大变，问我Louis 都说了什么？

"没说什么。我倒希望他说点儿什么，省得神神秘秘的，让人雾里看花。"

姑姑明显松了一口气，转问今日我跟Cora谈论的内容。

"她说对方的要求没变，就是50%，如果价钱没办法压下来，她会尽量将交付的时间往后推，毕竟卖掉一家估值上亿的公司没那么容易，除非贱卖。"

"我是绝对不会卖的，O-One就像我的孩子，天底下会有哪个母亲卖掉自己的孩子？"她刻意看了我一眼，眼神有些复杂，"如果真有，那也是情非得已。"

我说这样看来这星期五的调解不过是走个形式，最后不免对簿公堂。

姑姑答看情形也只能这样了，还好在瑞士打官司能拖个几年，只是白白便宜了吸血鬼。

"吸血鬼？"

"对！律师就是吸血鬼，他们不生产东西，只是仰仗一些平民百姓不懂的法律条文来赚钱，不是吸血鬼是什么？"

我反驳律师的养成不易，从法律系学生爬到律师事务所合伙人的位置堪比登珠穆朗玛峰，何况也不是每个律师都收入颇丰，好比Louis，否则他也不会住在公墓旁。

"他亲口告诉妳他住在公墓旁？"姑姑问。

"是的。"

姑姑沉思一会儿后，承认事务律师的收入可能不高，但这个混血儿不一般，绝不是泛泛之辈。

我问何以见得？

"小说《斯巴达克斯》里曾经提到贵族气质就是欲望被满足后淡淡的疲惫感，我看这个年轻人便是。"

"哈哈！这说的可是我？有时我挺疲惫的，因为想要的几乎都手到擒来，久了不免乏味。"

"妳的确是被我们捧在手心里长大的，但我们顾家充其量只是个暴发户，缺乏像Louis身上流露出来的奢颓气质。"

我不知道Louis是不是如同姑姑所说的身份尊贵，但他的确适当地保持该有的分寸与风度，让人只可远观，不可亵玩焉。

"哎！反正是八竿子打不到的人，而且这个人呀……对我很mean。"

"Mean"这个英文词把它当形容词解，有吝啬的、不善良的、刻薄的、残忍的……等意思，很明显都是负面的。

"他对妳很mean？"姑姑偏头想了想，"今天和他谈话，倒没听出来。"

"呵呵！姑姑妳也真是的，对一个人mean是做出来的，不是嘴巴说说而已。"

"那么他又对妳做了什么？"

我突然语塞，说他对我吝啬的、不善良的、刻薄的、残忍的……好像也没那么严重，顶多只能算是时冷时热，对于初识的人而言不也正常？

"算了，可能是我过度敏感吧！"

"我看不是这样，而是妳开始对他感兴趣了，否则也不会在乎他对妳的态度。"

我当然否认，虽然这个混血儿身高可以、长相可以、气质可以、职业可以……但也只是"可以"，并没有达到让人惊艳的程度，何况我已经有男友了。

姑姑接着问我和秦平的感情是否仍"一如既往"？

"没错，我们依旧深爱如昔。"我答。

回到房间，赫然发现秦平在朋友圈给我评论了，他问我那个蓝眼睛老爷爷是谁？

在我的感觉里，会留络腮胡的男人多半内向害羞（所以躲在胡子后面），看起来也会"虚长"几岁，但秦平说人家是老爷爷未免太过，那人顶多四十而已。

"老爷爷是我新交的男朋友，你有意见吗？"我回复，因为几个小时前被他挂电话的屈辱还在。

等我沐浴完毕，正想删除评论回复时，发现为时已晚，秦平已经阅读了，并且给我发来私信，通篇都是欲加之罪。在他眼里，我为了得到一本瑞士护照，不惜和"老人"谈朋友，又说他早该看出我的鸿鹄之志，否则我不会对"拿拆迁款买房全家一起住"的想法推三阻四。说到底我变了，当初就不该放我远走他乡……

哈！这就是我爱了四年多，不惜为他和父母反目的男人？可笑的是至今我仍认为他是我惟一的结婚对象，看来我眼瞎了，这个人根本不值！

我气得全身打颤，没多久，那个我看走眼的男人竟然又发来消息。

宛宛：

对不起，考试将至，我压力过大才会胡言乱语，请把那些话都丢到脑后。

为了不再说错话，我罚自己考试前不再联系妳。考完试我会飞到苏黎世向妳当面认错（如果妳还没回北京的话），等我！

始终爱妳的平

心理学家弗洛伊德曾说过口误并非偶然，它往往是内心深处真实想法的反应和写照。换言之，秦平为口误认错完全没有必要，因为他不过是说实话而已（这些都有脉络可寻，好比他害怕我会为了一本护照"和蕃"，也对我无法融入他的原生家庭耿耿于怀）。

我把手机关了，默默上床，但脑海里五味翻腾，久久不去……

第二十三章/贼船

昨夜没睡好连累了今天，我顶着熊猫眼进到厨房，老余正在电炉前忙活。

"余叔叔早！"

"顾小姐早，妳等会儿，我先把妳姑姑的早餐准备好，回头再给妳煮好吃的。"

我问姑姑早上吃什么？他答奶茶、水果拼盘和加了葡萄干的麦片粥。

"那么也给我来个一模一样的，不用再另外准备了。"我说。

"妳吃得这么清淡？"

"偶尔也得给肠胃喘息的机会，不过最主要的是今晨我没什么食欲。"

"那可不成，今天妳的行程已经安排好了，肚子吃饱了才有力气干活。"

行程？我问什么行程？

老余要我问姑姑，他反正听命行事。

话音刚落，姑姑坐着轮椅前来。

"早，你们在谈什么？"

我走过去将姑姑的轮椅摆正后，答："余叔叔说我今天有行程安排，姑姑昨晚怎么没告诉我？"

"原本安排妳参观我们在弗鲁蒂根的鲟鱼养殖场，忽然想起Hans今天休假，少了这个导师可不行，所以我临时决定带妳和牛蛙蛙卵生产公司PTP谈合作。由于见面的时间挪前，也不知对方能不能赴约，直到今晨收到回复，这个约会才算定了下来。"

牛蛙蛙卵？我问姑姑难道不打算做鱼卵生意了？

"做，当然做，只是开发另一款加入牛蛙蛙卵的'鱼子酱XL'，据说一公斤能卖到十万瑞郎。"

十万瑞郎相当于68万元人民币，是黄金价格的两倍多。

"价格的确很诱人，但如此一来事又多了，我看O-One目前经营得不错，守成不也很好？"

我这么说是有私心的，姑姑的身体状况很不稳定，她把希望都寄托在我身上，天知道我根本不想淌这个浑水，如果她把生意做大，意思是我的责任更重，到时想拍拍屁股走人就更没借口了。

"吃！我们边吃边聊。"说完，姑姑喝了奶茶又吃了一口麦片粥，"想在这行出类拔萃就得做出别人没有的东西，俄罗斯和伊朗的鱼子酱时代已经过去了，如今美国、德国、甚至中国都能生产出品质很好的鱼子酱，O-One要如何胜出？只能开发新产品一较高下。"

"可是大费周章生产的东西会有人买吗？毕竟有钱人只是少数。"

姑姑笑了，她说O-One做的就是有钱人的生意，不需要客似云来，只要卖给对的人，就足以撑起O-One。

我问既然"酒香不怕巷子深"，那又何必把店开在租金昂贵的班霍夫大街？

"妳知道光在报纸上刊登一则商业广告要价多少？我把店开在寸土寸金的购物大街上除了提高知名度外，同时也打了广告。至于客人……我们当然不能禁止囊中羞涩的人入内，但极少有人会不识时务，若有，恐怕是销售人员的不明朗态度导致。"

我刷地红了脸，但仍不服气。

"不管怎样，总不能拒绝客人吧？！"我说。

"妳的态度可以不亢，但绝不能让公司亏损，这是基本底线。对于第一次上门的客人，O-One通常会卖小样给客人，他们可以当场吃，喜欢再买；如果是熟客，那待遇自然不同。"

"没有人告诉我这个……"我懦懦地答。

姑姑说现在知道也不晚，那五百瑞郎就当是学费吧！

五百瑞郎？真没想到波波头和牛仔短裤吃掉这么多，而我连她们的名字都不知道。

"我认为店里的鱼子酱还是应该贴上标价，譬如一百公克多少钱，这样一目了然，我也……也不致于搞错。"

"呵呵！有钱人买东西向来不问价钱，贴上标签反而拉低了买卖双方的层次。反正我们是不会搞错的，这就好了，不是吗？"

这真是毁了我"明码标价才能童叟无欺"的固有想法。

"姑姑，能不能问妳一个问题？"

"妳问。"

"是谁告诉妳……我是说……我让人试吃这件事。"

姑姑反问还有谁？当然是Hans，他是O-One的大总管。

"妳就这么信任他？"

"以前我是挺信任他的，但现在不好说，所以我才需要妳。宛宛，妳可别让姑姑失望呀！"

我紧接着问起Hans的来历，这是埋藏在心底多日的谜团。

姑姑迟疑了一下，还是告诉我答案。

原来Hans原本是鲟鱼养殖场里的一名工作人员，某天姑姑做例行巡视时，发现他在工作时间内打瞌睡，便把他叫到办公室训。

"对不起，昨晚有家教课，因为考试将至，家长希望多上两堂，以致我今天精神不济。您放心，这错误我绝对不会再犯。"Hans答。

姑姑很讶异他回答的是道道地地的普通话。

"你是家教老师，都教些什么？"姑姑问。

"只要能赚钱，什么都教，包括中文、德文、法文、英文、西班牙文、日文等。"

姑姑随便测试了一下，他果然朗朗上口，这可是个语言奇才呀！怎么就屈居在养殖场里当一名工人？

Hans答由于初来乍到，只能工作挑人。他原先的愿望是成为O-One的销售，奈何天不从人愿，只能从劳力的工作做起，不过这有个好处，以后顾客若问起鱼子酱种种，他能侃侃而谈。

姑姑看他长得眉清目秀，口才也不错，加上精通多国语言，的确是当销售的人选，于是圆了他的梦想，把他调到专门店当一名实习销售。

Hans很精明，他等一切都步入正轨后才向姑姑坦白他的保加利亚护照是两千欧元买来的，为的是搭上AFMP（欧盟与瑞士公民的自由迁居互认协定）的顺风车。

姑姑一听大怒，扬言要向瑞士的劳务部门举报。Hans立马跪了下来，祈求："Mrs. Schneider，请您给条活路，如果不是我的出身条件太差，也不致于走旁门左道。说到底，我只是不甘心平凡，所以跌跌撞撞活到现在，如果连您也不帮我，我只能坐等被遣返，这辈子就算完了。"

姑姑后来一心软，帮他申请了合法的工作签证，算一算，他只要再工作个三年便能申请永居。

"这是施恩于人的表现，姑姑妳真棒！"我说。

"Hans也曾表示我是他的恩人，这个我不自谦，我的确是他的恩人，但做好事不一定有好报，我严重怀疑他背叛了我，一旦得到证据，我绝不会轻饶他！"

我问姑姑Hans到底做了什么，用得上"背叛"二字？

"这个以后再说，对了，今日的谈话妳可别跟他说嘴去。"

"放心，我懂得其中的利害关系。"

姑姑随即感叹地说："宛宛，妳记住了，能够做小伏低的男人都不简单，可惜等我有这层体会时，已经坐上了贼船。"

第二十四章/余辰欧

姑姑和PTP约在一家酒吧见面。

"为什么约在酒吧？岂不吵死了？"我问。

"这家酒吧不一样，下午两点尤其安静。"姑姑答。

车子左拐右绕后，我们来到一栋老公寓，电梯下到一层，首先看到的是涂满各种涂鸦的墙面，我不禁神经紧绷，可别是一屋子的青少年啊！

还好推开那扇做旧的木门，里面截然不同，可谓冰火两重天，像是设计师故意开的玩笑似的。瞧！青铜色的拱形吧台像是来到《星际迷航》的拍摄现场，其厚重的流线型设计，未来感十足。再看透明树脂浇筑的饮酒桌，像极了液体的物理形态，而无处不在的巨形甲虫装饰则让我联想起卡夫卡的《变形计》。

我的眼光离开甲虫后，不偏不倚地落在左前方的那幅油画。画中的三个大西瓜比例不对，还有，果肉的颜色也不对，长这么大，我可没吃过藕色果肉的西瓜……

"宛宛，问妳话呢？"姑姑压低声音说。

"What?"

我一喊，对面的两个男人笑了。左边那位我猜是德国人（在我的印象中，德国男人普遍好看，所以……）；右边那位就没那么赏心悦目了，他的身高不高，皮肤棕黑，头发是自然卷。

"#$@&……"好看的男人说起话来依旧迷人，可惜我听不懂。

"他问妳知不知道青蛙和牛蛙的差别？"姑姑当起了翻译。

青蛙我见过，牛蛙倒没有，不过依据名称的不同，我猜后者的体型比较大。

没想到答案还真被我蒙对了。

"¥##@¥……¥%€$&……%@#¥……"这次是牛蛙蛙卵供应商发言，内容长得让人以为他在发表征战宣言。

还好翻译人员倒是言简意赅，可惜我依然像在听天书。

"他说青蛙的卵是团状；牛蛙的卵是长条形。还有，牛蛙卵的比重小于水，见水后卵外胶膜会吸水膨胀，造成采集不便，所以采卵越及时越好。"姑姑又为我翻译。

"这话说得……莫非要我们亲自去采牛蛙卵？"我问。

"当然不是，"姑姑捂着嘴，像在压抑什么，"现在不过是暖身，还没讲到主题呢！"

等讲完主题，那是一个多小时以后的事。当一高一矮站起来告别，我才知道会面已结束。

"讲的什么我完全不懂，有必要让我出席吗？"我问。

"语言的问题可以克服，再不济还能请翻译。"姑姑长叹一口气，"宛宛呀！妳得渐渐接手O-One的业务，哪天……也不致于手忙脚乱。"

姑姑说的"哪天"指的是归天之日，莫非她的病情又加重了？这可不妙！

回到姑姑家，我马上一通电话打回国内，北京时间晚上十点多，还好爸妈还醒着，他们开了免提，好同时与我对话。

"爸，你是姑姑的亲哥哥，按理说更有资格帮忙，我不过是晚辈，浅见寡闻，怎么也轮不到我，不是吗？"

"宛宛，爸老了，很多新东西学不来，还是年轻人合适。"

"是呀是呀！"妈接棒，"我们连下载个东西还得请人帮忙，怎么搞得定一家公司？再说，姑姑打算收养妳，妳就是她的女儿，帮自己的母亲天经地义。"

讲到收养，我一肚子火，他们怎么可以随便将我送人？

"我还是不是你们最钟爱的女儿？"我急了。

"妳……妳当然是我们的心肝宝贝，但现在姑姑需要妳，打小她就对妳嘘寒问暖，要什么给什么，生活费也……"母亲突然住嘴。

"什么生活费？姑姑为什么要给生活费？莫非……"

"宛宛，"父亲开口，"妳别胡思乱想，还不是因为妳爸妈没用，入不敷出，妳姑姑看不下去，帮了我们一把，现在是我们回报的时候。妳是成年人，应该懂得投桃报李的道理。"

现在我终于知道我家是如何富贵起来的，那些豪宅名车、锦衣玉食、昂贵的学费……都是姑姑赐予的，我们仨的确应当回报。

"好啦！知道了，我尽力就是。"

"宛宛真懂事！"妈说。

隔那么远，我也能想像母亲此时一定是笑颜逐开。

"那我挂了。"

"宛宛，"父亲喊住我，"妳姑姑的身体状况可好？"

"她现在坐轮椅，偶尔上医院检查身体，睡前会打胰岛素，吃得很清淡……放心，老余照顾得很好。"

"老余？"爸妈同时问。

"他是姑姑雇用的司机和……家务员，人挺好的，据说曾和姑姑有一段情……"

"余–辰–欧–"父亲咬牙切齿的声音传来，"竟然还有脸出现？造孽呀！要不是……"

"老头子别说了，"妈喊，"宛宛，时候不早了，有空再聊！"

然后我听到"磕"的一声，妈竟然挂我电话，连再见也没说。

这太奇怪了！

我没有纠结太久，因为注意力被另外一件事给吸引住。

"余辰欧？原来老余的名字叫余辰欧，听起来好像偶像剧男主角的名字。嘻嘻！待会儿我得调侃调侃他。"我琢磨着。

第二十五章/做小伏低

晚餐桌上我看到奇怪的东西。

"这是什么？"我问老余。

"妳先吃吃看。"

我夹了一块入口，该怎么说呢？吃起来像鸡肉，但肉太少、筋太多。

"是鸡肉吗？问题是怎么没有鸡皮？"我问。

老余笑呵呵地答当然没鸡皮，因为我吃的是牛蛙。

"牛蛙？"我太惊讶了，"你上哪里买的？"

"不是我买的，而是不久前有人送上门的。"

此时姑姑开口了："下午见面时，那个爪哇人说他们公司除了卖牛蛙卵，还兼卖牛蛙肉，问我要不要尝尝？我听说牛蛙全身都是宝，它的蛋白质很高，胆固醇却很低，哪有不试的道理？只是我没想到他们的动作如此之快，更没想到老余的动作更快，三两下就把牛蛙肉送上桌了。"

余叔叔笑呵呵地答食物最讲求新鲜，如果搁个两天再吃，味道就大打折扣了。

"还是余叔叔了得，佩服佩服！"我赶紧拍马屁。

"煮个东西何难之有？话说'牛蛙'这个名字取得真好，果然体型庞大，像个足球似的。我一秤，居然重达两公斤。"

"牛蛙的名字取得再好也比不上余叔叔的，哈哈！余—辰—欧，好像琼瑶笔下的男主角名字呦！"我终于找到机会调侃他。

"妳怎么知道我的名字？是不是……"老余看了姑姑一眼，姑姑摇头。

我马上表示不是姑姑告诉我的，而是我爸……

"妳爸……"那两人同时问，老余让姑姑先说。

"妳爸还说了什么？"

"他……好像很生气的样子，后来我妈就匆匆挂断电话，好奇怪……"

"这没什么好奇怪的，妳别胡思乱想！"

听姑姑这么一答，我更加好奇，怎么"大家"老提醒我别胡思乱想？我甚至没告诉他们我是怎么想的。

"明天我有什么行程？"我转话题。

"明天我约了律师见面，妳则去参观养殖场。Hans已经休息一天半了，我得给他找个工作做，否则就是白给工资。"

呃！差点忘了此事。

"只是参观？"我问。

"第一天只是参观，接下来一个礼拜妳得实习，将来好管理。"姑姑停顿了一下，"想当年我穿着防水工作服下到水里，一待就是好几个钟头，苦死我了！现在只要天气一变化，我的膝盖就发疼，怕是那时落下的病根。放心，妳不需要如此劳累，只要试着操作整个取卵过程即可。"

刚开始听到我要"从底层做起"，心里不免抗拒，听到后面，我就不好意思拒绝。想当年姑姑都熬过来了，我没有理由吃不了一个礼拜的苦。

"好，没问题。"我答。

"就知道宛宛懂事，"姑姑露出欣慰的笑容，"哥哥嫂嫂果然教育得好！"

~

"如果不是妳姑姑坚持将阿尔卑斯山的水源引入，估计这个养殖场最终得告吹，因为这里不近河湖，而水的耗量相当大，光水池就有上百个。"Hans介绍。

我也看到了，眼前有数量庞大的水池，只是我不知道原来总数达到上百个。

"这里总共有几条鱼？"我问。

"大约6万条，每年鱼子酱的产量可达到3吨，鲟鱼肉18吨。"

"我以为我们只生产鱼子酱。"

"那么尸体怎么办？总得物尽其用呀！不讳言地说，在瑞士吃到的鲟鱼料理，大部分都来自O-One。"

不知为什么，我立刻想到昨晚吃的牛蛙肉。

"果然天下商人都是一个样，不放弃任何赚钱的机会呀！"我感慨地说。

"此话怎讲？"

于是我把姑姑的计划告诉他，原以为他早知道了，没想到……

"这么大的事，老板娘竟然没跟我商量？"他喃喃道。

我立马不高兴，他是谁？何德何能？

"O-One的老板娘是我姑姑，我不知道她非得跟一个外人商量？"

"妳别误会，我是怕Brigitte上当受骗。"

"这不劳你费心，姑姑有我。"

"是、是、顾小姐说的是。"

我眼中的Hans向来不卑不亢，一旦他低声下气，我反倒无所适从，是一种极不舒服的感觉。

"¥#&%......"一位工作人员站在水池边拿着梯形的抄网问。

我等着Hans翻译。

"他说这水池里的鱼今早已经扫描过，体内鱼子数都达标，问妳要不要亲自捞一条？"

我迅速摇头。

想到有鱼即将上"断头台"，我怎好当那位死神？

于是大叔弯腰一捞，一条活蹦乱跳的倒霉鱼便走上它壮烈而悲惨的道路。

看大叔火急火燎地进入操作间，我想跟上，Hans叫住我。

"我们得穿上围裙、戴上纸帽及口罩才行，妳知道的，为了卫生原因。"

"当然。"我点头同意。

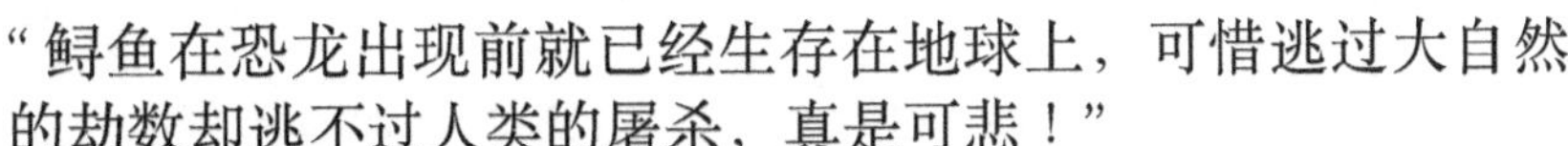

"鲟鱼在恐龙出现前就已经生存在地球上，可惜逃过大自然的劫数却逃不过人类的屠杀，真是可悲！"

"这倒是，很多物种都已经绝迹了。"

"话说回来，鲟鱼还得感激O-One，我们一边屠杀，一边繁殖，数目恐怕比过去几千、几万年繁殖得还多。换言之，只要有利可图，鲟鱼是不可能从地球上消失。"

我不苟同，鲟鱼是不会感激O-One的，谁会对刽子手感恩戴德？瞧！砧板上的鱼瞪大了眼睛，怕是死不瞑目。

"呵呵！顾小姐真有趣。让我告诉妳，咱家的鱼不存在'死不瞑目'一说，因为它们是被送入电箱电死的，前后不过几秒钟，以鱼的传导能力，估计还没感到疼痛就已经死亡，堪比安乐死。"

原来如此，我心里因此好过许多（但不包括Hans使用"咱家"二字，O-One是姑姑和姑丈打下的江山，跟他一点儿关系也没有）。

接下来便是宰杀取卵的过程，只见工作人员俐落地用匕首划开鲟鱼的肚子，一大团鱼子便面世了。清洗过后，它们被置在金属格栅上来回滚动。

"这道工序是为了将不同大小的鱼子分离出来，分离好后便是挑选，工作人员会用小镊子取走脱色或者含有杂质的部分，只保留最佳状态的鱼子。通常鱼子的大小和颜色取决于鱼种、鱼龄和饮食，最高级别的鱼子最小，直径只有2.6毫米，一罐30克的小样能卖到232美元。"Hans解释。

"没想到鱼子虽小却有大学问，那么那位大叔现在在做什么呢？"

"这是最后的步骤—加盐，然后就是装盒了。"

我问怎么这么快？

Hans答当然得快，整个过程不能超过15分钟，否则有损鱼子的风味。

"那么何必用小盒包装？装在大盒子里岂不更省事？"

"那可不成，能装多大容量都是计算过的，避免上层的鱼子压坏下层的鱼子。"

至此，我不得不承认隔行如隔山。

"姑姑说明天起我得来此实习。"我说。

"我也听说了，妳就从如何操作超声波扫描器学起吧！"

"谁是我师傅？"

"当然是不才在下我，除非妳有更好的选择。"他答。

第二十六章/倾盆大雨

从养殖场回来的路上，Hans问我在哪边下？我想了想，回答："苏黎世湖。"

"妳还没看腻？这些湖光水色初看时的确很赏心悦目，但看久了不免乏味。我还是比较喜欢车水马龙、高楼大厦，这才是活力！"

我问喜欢车水马龙、高楼大厦的人跑来这里干嘛？

他答因为命运，人是斗不过命运的。

我不苟同，如果每个人都这么想，那还努力个什么？

Hans解释他会有此感触其来有自，话说他也是含着金汤匙出生，但一把大火夺去了所有。他常想如果当时工厂没有化为灰烬，他的一生肯定被改写，可惜人生没有如果。如今他已经三十有五，即使拼尽全力也不过混个温饱而已，能不感慨吗？

听他这么一说，我想起了过往。

"我和你刚好相反，算是含着木汤匙出生吧！若不是有贵人相助，恐怕连国门都出不了。"

"所以妳得感激Mrs.Schneider 为妳所做的一切。"

我转过头去凝视着Hans。

"What?"他问，眼睛盯着前方道路。

"我没说姑姑是贵人。"

"除了她还会有谁？"他停顿了一下，"妳别胡思乱想。"

又来了，怎么四周围的人老要我别"胡思乱想"？

"好，我不乱想，你什么时候给我销售报告？"

"我没忘记此事，明天见面时给妳。"

由于他回答得坦荡荡的，我不免怀疑是姑姑多心了。

"你明天几点来接我？"我问。

"养殖场的员工九点上班，但妳不一样，妳说几点便是几点。"

我就是不愿意与别人不一样。

"那么八点来接我吧！"

"好的。"

Hans在苏黎世湖沿岸的中国园放我下车。

"这是海外最大规模的中国式园林，也许妳想看看。"他说。

"我看过了，挺好的。"

"妳一个人来的？"

"我……和同伴一起。"

他迟疑了一下才跟我告别。

"好奇怪的人！莫非我还得向他汇报见了什么人？"我犯嘀咕。

我没有走进中国园，而是沿湖南下，这一段我没走过，刚好借机"探险"一下。

苏黎世湖是世界著名的冰蚀湖，湖水清澈通透，让人眼前为之一亮。瞧！海天一色，游客、天鹅、海鸟、帆船……在湖畔和谐共处，构成了一道独特靓丽的风景线。让人难忘的尚包括那一排排行道树上的树叶，绿的绿、黄的黄、红的红，仿佛人间仙境，看多久都看不腻，不懂 Hans 的乏味所谓何来？

我沿着苏黎世湖漫步，渴了就喝路旁的直饮水，也许因为水源来自阿尔卑斯山，所以喝起来非常甘甜。

就这么走了近一个多小时，好似永远也走不到尽头，心中不免泄气。我原本的计划是沿湖走一圈，直到回到布尔克利广场为止，看样子今天是完成不了了。

"顾宛宛！"

我正想往回走，听到有人喊我，遂转过头去，竟然又是那个混血儿。

"你怎么在这里？"我问。

"我刚驾完风帆，这里是风帆俱乐部，妳大概不知道吧？"

我当然不知道，入口处写的是德文，我哪会知道？

"你就那么休闲？"我问。

"怎么会？忙了大半天才觑了个空。"他答。

其实我问的是他的穿着，驾风帆的人怎么穿着条形衫及五分裤？脚踩的还是小白鞋？

Louis 听完，指指他肩上的帆布包，说："衣服及鞋全在里面。"

我"噢"了一声，无话可说。

"对了，妳怎么也在这里？"他问。

"今天我去了一趟养殖场，由于明天开始实习一个礼拜，所以想在工作前先放松一下自己，没想到这湖这么大，好像永远也走不完似的。"

"这湖的确大。"

Louis 话一说完，天边传来一声低吼。

"妳现在打算怎么办？"他问。

"当然走回去呗！"

"怕是来不及了。"

我问什么意思？他答再过几分钟即见分晓。

我们又谈了些琐事，没一会儿的工夫就看见陽光穿过云层，在湖面上洒下光影的奇特景象。我没欣赏多久，很快便云层厚积，颇有压顶之势。

"怕是要下雨了。"我喃喃道。

"我家就在附近，可以借妳躲雨。"

"不用了……等等，你不住酒店？"

我刚问完，大雨翩然而至，好像有人打翻了水盆似。

"快！跟我来。"

我踌躇了一下，还是跟在Louis身后小跑步。

第二十七章/意外的邀约

瑞士地形高峻，全境分为中南部的阿尔卑斯山脉、西北部的汝拉山脉及中部高原，平均海拔约1350米。拿苏黎世而言，老城区虽然还算平坦，但沿苏黎世湖却是绵延起伏的山丘，美则美矣，但对在大雨中奔跑的人而言却是件苦差事。

"这就是你说的'附近'？"我站在大门口火冒三丈，"早知道我就打车走了。"

也难怪我生气，等我们跑向Louis的家，基本已淋成落汤鸡，何需"躲雨"？

"直线距离三百米，是不远呀！再说了，下雨天很难打车，不信妳试试。"

直线距离的确不远，但加上爬坡，那可不是几分钟就能到达的距离。

Louis问我想怎么着？如果想打车，他现在就帮我叫。

"我一身湿淋淋的，你让我怎么上车？"我质问。

"那么就心平气和地跟我进屋吧！我找件衣服让妳换上。"

话至此，我也只能顺着台阶下。

见我不吱声，Louis按下密码开门。

门一开，我无心欣赏他家庭院，因为从大门口到建筑物主体还得走上一段，而大雨仍然哗啦啦地下。

"右手边是泳池的更衣室及冲水间，我让Floria送衣服给妳。"

主客果然有别，Louis 同样湿透了，他却可堂而皇之地进屋，不怕弄湿地板。

我在更衣室兼冲水间等了一小会儿，一位长相甜美的女生送来了浴巾及一件连身裙。

" Danke." 我说，用的是德语

没想到她回复我英语。

" Are you......"

" What?"

我本来想问她是不是家务员？想想还是算了。

" Nothing. Thanks!"

" Don't worry."

那女生走了，留下Jo Malone的少女淡香水味。

我很快冲个热水澡，再换上连身裙，然后走向那扇敞开的门。

此刻横在我面前的是一个用原木加上混凝土搭建的房子，如果大理石代表贵气逼人，那么混凝土便是粗糙朴素；如果金属制品代表时尚潮流，那么原汁原味的木头便是一种浑然天成的雅致格调。这种简约纯粹的空间设计很治愈，带来久违的惬意和安适感。

"洗完澡舒服多了吧？"Louis坐在厨房中岛沿伸出去的吧台前问我，手里端着一杯透明无色的酒，身上的湿衣服已经褪去，换上白衬衫及灰色西装裤，显得神清气爽。

"是的。"

"喝什么？"他上下打量我一番，"看来 Floria 的衣服挺适合妳的。"

原来是她的衣服。

"你喝什么，我就喝什么。"我答。

"我喝伏特加。"

"这么烈？那算了，有啤酒吗？"

于是他给了我一瓶瑞士最富盛名的Appenzell，我边喝带着果味的啤酒边赞美主人的家。

Louis听完，不急不徐地答："中国有句古话叫做'月盈则亏，水满则溢'，我认为不论行为处事还是家居设计都需要留出适当的余地，减少欲望堆积给人带来的压迫感。"

"说的没错。"

"我很高兴妳懂得欣赏，不像 Floria，她挺不喜欢的。"

Floria? 为什么Louis的家需要取悦一个家务员？

我正狐疑着，那个全身散发Jo Malone香水味的甜美女孩走了过来，毫不客气就坐在Louis的大腿上，并且端起他手上的伏特加喝上一口。

Louis表情无辜地解释："她就爱喝我喝过的饮料。"

"她......是谁？"我问。

"她是我这个星期的女友。"

我第一次听说有人以星期为单位来介绍女友。

"听起来很像租房子或租车子，你没付钱吧？"

"付钱？"他侧着脑袋想了想，"那可多了去！"

原来眼前这位是个游戏人间的花心大少。

"谢谢你的啤酒和有趣的谈话，连身裙我穿走了，洗过后再送回，希望那时你的女友还没换人。"

"呵呵！妳真有趣，"他让Floria离开他的大腿，"外面雨停了，但路上湿答答的，妳确定要走？"

听他这番话，代表他不会送我一程。

"没事，现在离天黑还有一段时间，如果走累了，我会打给老余，他是我姑姑的司机。"

"那好，我送妳到大门口。"他说。

如果不是临行前的最后一瞥，我不会看见客厅电视柜上的白色盒子。

"我以为你早把你母亲的骨灰撒在苏黎世湖了。"我说。

"我是想啊！但临时在此得了个工作，眼看一时走不了，我心想何不找个绝佳的地点再撒？结果一路看下来，哪儿都缺了点儿什么，这件事就这么拖下来了。"

"那可不好。"

"是呀！要不……妳陪我去找？听听旁人的意见也许有助我及早下决定。"

"我……"我的目光投向那个白色盒子，它仿佛向我诉说着什么，"那好吧！等实习完，我陪你去找。"

第二十八章/警告信

你若问我为什么要答应和一个游戏人间的男人去……去找一个撒骨灰的地点（这听起来很毛骨悚然）？我也说不上来，大概因为我曾解救了那个骨灰盒子，所谓送佛送上天，我不愿就这么半途而废。

回到姑姑家，姑姑问我有没有遇上傍晚时分的那场大雨？

"有，当然有，我还跑到Louis……"我急踩刹车，但姑姑已经听到了话屑子。

"Louis？那个混血儿？"

"嗯！我跑到他家……躲雨……路上遇到的……不是故意的。"

"故意的也不要紧，"姑姑笑眯眯地说，"那孩子挺不错的，做事周到，对人也很有礼貌。"

"不是这样的……真的不是。"我很困窘。

还好老余及时出现。

"晚饭做好了，有鱼也有虾，顾小姐一定喜欢！"他说。

姑姑开口了："你已经叫'顾小姐'叫了好几回，听着很别扭，还是叫她'宛宛'吧！"

"是的，余叔叔，叫我宛宛吧！听着也不那么生疏。"

"那好，Miss Brigitte以及宛宛小姐，晚饭做好了，请上座！"

我和姑姑一听，乐不可支。

"宛宛的确算得上小姐，我已经步入中年，叫女士还差不多。"姑姑笑说。

"在我心目中，妳一直是个小姑娘……"

"够了，"姑姑沉下脸来，"也不怕宛宛看了笑话！"

换作别人肯定受不了姑姑那阴晴不定的脾气，但老余硬是忍了下来，还好声好气地解释："宛宛，余叔叔就爱开玩笑，妳可别介意哈！"

"哪里，这是生活的调剂品，我一点儿也不介意。"我转向姑姑，"好饿呀！现在能吃饭了吗？"

一场冷空气就在我和余叔叔的不懈努力下散去。

不久，饭桌上又传来姑姑爽朗的笑声。

～

我慌慌张张地冲下楼，还好Hans没开走，我赶紧跳上车。

"这个地点只能暂停三分钟，我已经来回绕了好几圈。"他边开车边抱怨。

"对不起，闹钟没响，我连早餐都没吃就冲下来。"

Hans问我该不会又忘了把电梯的内门及外门都合上了吧？

我一回想，糟糕！还真不幸被他言中。

Hans 摇摇头说："我猜 Brigitte 很快会收到邻居的联名抗议信。"

"不会吧？才多大点儿事。"

"就当我没说吧！"他像想起了什么，"销售报告在后座，下车别忘了带走。"

我往后看，那里果然有一个牛皮纸袋。

"你今天不载我回家？"

"下午我有个appointment，放心，我会找到人送妳回家。"

"宛宛回来了。"老余说。

我"嗯"了一声，话都懒得回答，直接进屋。

"宛宛回来了。"姑姑说。

"嗯！"我把牛皮纸袋及包扔在桌上，人直接躺在沙发上。

姑姑随即要老余给我一杯热茶，等茶上桌，我才慢吞吞地坐起，并且边喝茶边抱怨养殖场的工作不好做。

"妳下水了吗？"姑姑问。

"没有。"

"那还喊累？最难、最累的部分妳都没经历过呢！"

"可是……我累了嘛！"

"那明天还去吗？"

我思考了一下，第一天就打退堂鼓，员工心里会怎么想？以后我还能不能带人？

"还是去吧！"我弱弱地答。

"就知道宛宛不会虎头蛇尾，我果然没看错人！"

听姑姑这么一说，等于断了我的回头路，眼下只能硬着头皮走下去。

"宛宛，"老余开口了，"今天妳姑姑收到警告信了。"

警告信？我问怎么回事？

姑姑答没什么大不了的，下回我使用电梯时动作轻柔点儿就行，对了，别忘了离开电梯时把内门及外门都合上。

"还说没什么大不了，"老余怪嗔，然后面向我，"别听妳姑姑的，她若再接到两封就得上市政府说明情况，如果没处理好，这房子就不能再住下去了。"

"这么严重？不过是芝麻小事，至于吗？"

老余解释当然严重，因为我的疏忽，邻居们不得不大费周折才能坐上电梯，还有，这楼里有数位老人居住，哪天发起病来，如果因电梯问题延误送医，那才真癫上大事了！

我细思极恐，怎么自己就没想到这些？真是该打！

姑姑要我无庸自责，这帮老外维护起自己的利益向来无所不用其极，警告就警告了呗！下次小心点儿就是。

"对不起，我一定小心，不让姑姑有任何麻烦。"我信誓旦旦地说。

第二十九章/作家母亲

就这么起早贪黑地熬过一个星期，终于对养殖场有了初步的了解，也认识了在这里工作的每一个人。

"恭喜妳结业了！"Hans边开车边说。

"是结业了，但不表示事情就这么结束。Cora说我姑姑的案子调解失败转为诉讼，虽然这是可预见的结果，但……我一想到就头疼，律师费可不是一笔小支出。"

"也许去求个情有用，老人家总是比较心软。"

我一听，眼前为之一亮，对呀！怎么没想到这个？

"成，回去我就告诉姑姑。"

"那就坏了，妳姑姑向来要强，绝不可能低头，这件事妳得偷偷进行。"

"我？"我扬起声，"他们又不认识我。"

Hans说没见过面不代表起不了作用，好歹我和两老人是姻亲，不看僧面看佛面，我的话可比律师的话好用一百倍。

我想了想，不无道理。

"你知道我姑姑的公婆住哪里吗？"

"知道，他们住在德国的雷根斯堡，有一次我奉令送鱼子酱过去。"

雷根斯堡？我问远吗？

他答不远，开车五个多小时就能到。

"那不得过夜？"我喃喃自语。

"雷根斯堡很美，妳会喜欢的。"

"你误会我的意思了，一旦过夜，姑姑肯定会过问，事情要如何偷偷进行？"

Hans思考了一下，向我支招："妳就说和我去拜访隐性客户，她会理解的。"

想到要欺骗姑姑，我退缩了。

"瞧妳！商场上的尔虞我诈还会少吗？妳以为妳姑姑就没一点儿瑕疵？当妳告诉她销售报告有造假嫌疑时，她不也一句不吭？为什么？因为她是知情的。"

"你……你怎么知道？"我吓得两腿发抖。

"我当然知道，销售报告的学问可深了，有给股东看的、有给银行贷款部门看的、有给税务机关看的………妳还太稚嫩，不若Brigitte精明，再过个几年也许就不那么不食人间烟火了。"

我不食人间烟火？这听起来很像贬义词。

Hans要我别误会，他怎么可能贬低主子？话说想不食人间烟火也得有那个条件，大部分的人都得为了柴米油盐勾心斗角，天真烂漫反倒成了无价之宝……

瞧！Hans就是有办法反转，我这个轻量级别怎么斗得过重量级别？难怪姑姑老有"养虎为患"的担忧。

"顾小姐，去不去由妳决定，想好了再告诉我。不瞒妳说，明天我有空。"

"明天我想休息一天，毕竟已经工作一个礼拜了。"

Hans的嘴角浮现一丝难以言喻的笑容。

"成，我反正听命行事。"他豪爽地答。

说要休息一天，其实早上六点我就整装待发，因为Louis十点钟有个会议，我们得在那之前把事情办妥。

"宛宛，这么早去哪里？"姑姑问，她一向早起，但吃过午饭会打个盹。

"我去锻练锻练。"

老余笑岔了气，他说我的口吻听起来像七老八十的人。

"余叔叔，你就爱笑话我！"我嘟起嘴来。

"好啦！别生气了，"姑姑开口，"妳余叔叔是跟妳开玩笑的。"

我看了一眼老余，又看了一眼姑姑，今日姑姑竟然没"落井下石"，老余也"坦然接受"，这太奇怪了！还有，怎么早上六点"家务员"就出现在姑姑家？他是勤于上班还是根本就……一夜没回家？

"怎么了？"姑姑问。

"没事，我走了。"

老余问我回不回来吃饭？

我想了想，回答："午餐我自行解决，晚餐还是回来吃。"

清晨六点半，苏黎世湖正被如烟似梦的轻雾笼罩着，有几只白天鹅悠游其间，水鸟则偶尔会轻点水面，像是例行的仪式般。最烦人的是麻雀，叽叽喳喳的，让我联想起菜市场讨价还价的大爷大妈们。

"再过不久，阳光就会替湖面撒下金粉，那才叫个美字！很难想象这个湖泊曾经被严重污染过。"

污染？不可能的！这湖清澈见底，若有人掬水饮用，我一点儿也不觉得奇怪。

Louis 很严肃地告诉我此事不假，瑞士当年花了巨资，确保流入苏黎世湖的每一滴水都经过净化，才有了如今的湖光水色。

"这太神奇了！堪比愚公移山。"

"余公是谁？他为什么要移山？"

"他……他……"我笑不可仰，"他是我姑姑家的家务员，至于为什么要移山？哈哈！因为……因为山在那里啊！哈哈哈……"

Louis 等我笑完才问："妳是不是在捉弄我？"

"没，真的有余公，我发誓，"我忍住想再度狂笑的冲动，"你们还见过面，当时老余送我姑姑上律师事务所。"

"原来是他，难怪……"

"难怪什么？"

"没什么。"

没什么就是有什么，这家伙真会吊人胃口！

"听着，我在瑞士最亲近的两个人都对你交待了，你是不是也该礼尚往来？"我说。

"妳问的是Floria?"

虽然我对Floria同样感兴趣，但打死也不能承认。

"谁说她来着？我指的是你妈，骨灰坛里的人。"

"她……她是个作家。"

我想过很多可能性，偏偏没料到她会是个作家。

"是吗？写过哪些作品？"我问。

"写的是异国恋情小说，据说有上百本。"

"据说？你没读过？"

"没有，因为我的中文阅读能力有限，加上那是女性小说，我没那么大的兴趣。"

这可理解，男生通常不爱读爱情小说。

"那么你母亲为什么钟情苏黎世湖，以致死后也想把骨灰撒在那里？"

"说来话长，妳有耐心听吗？"

"当然。"

第三十章/青菜萝卜各有所爱

在Louis的描述下，我因此知道整件事源于一则广告。

"我母亲很小的时候曾看过一则电视广告，卖的什么早已不记得，只记得蓝绿色的湖水上有几只白天鹅悠游其间……她的童年记忆很多已经模糊不清，惟独对此印象深刻，每次想起，总带给她平静、安逸的舒适感。长大后的某天，她忽然想起那个画面，上网查'蓝绿色的湖水'，屏幕跳出'苏黎世湖'的图片，她惊呆了，因为那的确是她童年的记忆，于是'死后将骨灰撒在苏黎世湖'便成了她的心愿。"

我问她可曾来过苏黎世？他回答没有。

"那不是很奇怪吗？"

"我母亲想把自己的生命终结在一个幻想的宁静世界里，如果亲临现场，难免和想象有出入，那又何必？"他停顿了一下，"我承认这听起来有点儿奇怪，但每个人多多少少有奇怪的地方，妳不这么认为？"

"的确，譬如我就不了解姑姑为什么让我接手一家我完全不懂的鱼子酱公司，四周围的人也是，好像我责无旁贷似的。"

"也许……这就是命运！"

命运？我认为这种说法最不靠谱也最推诿塞责，因为任何事情的发生都可以推给命运，谁也没办法反驳一个很玄的东西。

Louis 同意我说的，好比半个月前我俩完全不认识，谁会想到半个月后会一起走在苏黎世湖畔，更令人匪夷所思的是原本四天前他就应该回到伦敦，而不是卡在这里……

"不止你卡，我也卡住了，这个奇怪的命运！"

Louis噗嗤一笑。

我问他为什么笑？（原以为他会回答没什么，像往常一样，结果相反。）

"因为我觉得妳很可爱，现在这么天真可爱的人已经很少见了。"

阳光早在湖面上洒下金粉，而我们仍没找到心怡的地点。

又过了十分钟……

"我看就这里算了，蓝天碧湖、绿树成荫、野花还盛开。"他说。

"不行，绝对不行！你没看到天鹅吗？"

"天鹅怎么了？"

"天鹅会吃掉你妈。"

这次他笑得很疯狂，我甚至怀疑自己是不是遇上了疯子？

"对……对不起，我很少这么失态，但……妳真的太有趣了，我忍不住……所以……"

"可是……我是说真的，天鹅会吃掉你妈……的骨灰，你不担心吗？"

"我……"他语塞，看得出来在压抑什么，"我担心，而且担心得要命，那怎么办？妳说！"

我四处张望，发现走了两个多小时也不过环湖了一小段。

"我看还是应该另约时间再找，最好开车。"

"行，就这么说定，现在我们得叫车回去，否则赶不上开会，妳在哪里下？"

我想了想，回答O-One。

~

两位冰雪女王看到我，皮笑肉不笑地和我打招呼，我也回复："Guten Morgen!"

"顾小姐早。"Hans从里间走出来，"我们刚开门营业。"

"看得出来，最近如何？"

他答如果我是问销量，稳中有升；如果我是问他本人，目前还是单身汉。

"当然问销量，我对你本人的交友及婚姻状况不感兴趣。今天来是帮忙做销售的工作，如果有不明白之处，请不吝赐教。"

"顾小姐言重了，我当然竭尽全力辅助。"

~

下午一点，当Freja和Gaby用完午餐回来，Hans问我："有没有这个荣幸跟顾小姐一起用餐？"

Hans带我去的是一家以鱼类为主的快餐店，可以选取多种菜品进行组合，有冷食也有热菜。我选了煎三文鱼配烤蔬菜，他选的是海鲜汇饭配沙拉，结账时，他连我的也一起付了。

"回去后我给你。"我说。

"随妳，不付也行。"

"肯定要付，你也不容易。"

他看了我一眼，似乎有话要说，但最后仍保持沉默。

我们就这么安静地用着餐，由于没交谈，几分钟后便光盘。

"妳喝咖啡还是茶？"他问。

"茶，只加奶不加糖。"

直到他倒了两杯茶过来，我们才真正打开话匣子。

"能问妳一个问题吗？"

"看情况，只要不涉及隐私。"

"那当然。"他停顿了一下，"妳认为我老吗？"

"你？"我细细打量他，"抬头纹有了，但没秃头，以三十五岁高龄，你算保养得不错。"

"谢谢！这给我无比的信心。"

我问什么意思？他答他有喜欢的人，就等着适当的时机做表白。

霎那间，仿佛有什么东西撩拨了我一下。从一开始我便对Hans提防，忘了他也是寻常人，内心也渴望爱人及被爱。

"三十五岁也该成家了，我祝你旗开得胜！"我诚心诚意地说。

"妳认为会有女人喜欢我吗？"

"这个问题很难回答，再怎么讨厌的人也会有人喜欢。"

见他不吱声，我才发现讲错话了。

"对不起，我的意思是……青菜萝卜各有所爱。"

"妳不用解释了，我知道自己的条件，但此一时彼一时，风水轮流转，不是吗？"

说的没错，我点头表示同意。

"走了？"他问。

"嗯！"

然后我们一前一后离开餐厅。

第三十一章/自我安慰

回到家，姑姑问："听说后天妳和Hans要到雷根斯堡拜访客户，可有此事？"

"呃......嗯......是。"

"去几天？"

"呃......嗯......看情况。"

"那么后天我也出外走走。"

想到此行带着目的，姑姑若跟去，岂不穿帮？我得赶紧阻止。

"那个......雷根斯堡有点儿远，开车要五个多小时，妳确定身子受得了？"

"我只是去市郊洗个温泉，听说巴登的温泉打从罗马时代就有，至今还有47度C的硫磺泉。"

听完，我如释重负。

"宛宛，妳姑姑有我，别担心。"老余说。

听他这么一提，我又神经紧张，等着姑姑向他大泼冷水，可是……没有。

"老余，今天晚餐吃什么？"姑姑问，挺和颜悦色的。

"病人当然吃特别料理，宛宛就不一样了，我山珍海味侍候着。"

后来我才知道余叔叔帮我煮了宫保鸡丁（山珍）及青豆虾仁（海味）。

居住海外，没有什么比吃到家乡菜更能抚慰一颗游子的心。我很幸运，不仅天天大啖中国美食，回到家还能说上中国话，思乡病？哈！大概只有午夜梦回才会却上心头。

迷迷糊糊中，我听到手机响了。

"喂……Hello……Ja,Hallo……"

"宛宛，是我。"

听到秦平的声音，我的瞌睡虫跑了大半。

"喂！宛宛……在吗？"

"在。"

隔那么远，我也能听到他大松一口气的声音。

"我……我考完试了，按照约定，我将飞到苏黎世向妳当面致歉……"

"不用了，不需要。还有，我没跟你约，是你自己约的，别赖我！"我冷冷地答。

秦平说我会生气，他完全能理解。是他不好，把我当成压力下的出气筒，换位思考，他若是我，也会火冒三丈。

"好了，挂了吧！等我睡醒再说。"

"如果能等，我也不会挑这个时间打给妳。只想告诉妳，为了省钱，我买了中转三次的机票，抵达苏黎世是58个小时以后的事，我已经发行程表到妳的邮箱，到时妳会来接我吧？"

58个小时？那时我正在雷根斯堡呢！

"不行，我没空，你赶紧把票给退了！"

"来不及了，我正准备登机，别忘了到苏黎世机场接我，不见不散！"

"喂……喂喂……"

我颓丧地挂了电话，这算什么？男友打得我措手不及，我该怎么办？

前思后想，眼下我有三条路可走：

1、别理不请自来的人，让他自生自灭！

2、取消雷根斯堡之行，像什么事也没发生，开开心心去接机。

3、继续既定行程，让某人代替我接机。（老余肯定不行，他和姑姑洗温泉去了，也不知何时回来。）

我翻来覆去，总睡不好。该死的秦平！今晚我又失眠了。

趁着店里没客人，Hans 问我明天几点出发？

他一提，我不免来气。

"你怎么问也不问我一声就决定何时去雷根斯堡？我还是通过姑姑才知道。"

"因为……"

"马上改期！我有朋友从北京飞来找我。"

"男朋友？"

"……嗯！"

"交往多久了？"

我望向他，冷冷地说："敢情我还得向你报告？"

"对不起，失言了。"他有些尴尬，"妳刚刚说什么来着？……噢！改期。抱歉！我已经跟Mr.and Mrs.Schneider 约好了，如果改期，恐怕……"

我答知道了，心中不免郁郁。

Hans遂建议让Freja或Gaby帮忙接机，再不然，老余也行。

我望向店內那两个洋女人，虽然脸孔冷冰冰的，但身材该突的突，该凹的凹，这太危险了！

"老余没空，而且我男友挺內向的，我怕Freja 或 Gaby会欺负他。"

"那……"

看有客人进门，我赶紧结束谈话，表示自己会想办法解决，没事的。

说会想办法解决，其实根本无法可施。想来想去，我竟然想到一个下下策—从雷根斯堡回来后再去接秦平。

"反正只等几个小时而已，他是来谢罪的，总不致于生我气吧？"我做自我安慰。

第三十二章/小老板娘

雷根斯堡是多瑙河边上的一个古城，位于德国南部，还好我的申根签证用得上，否则无法来个"说走就走"的旅程。

在车内的狭小空间内，大部分的时间我沉默地望向窗外，但基于礼貌，有时不得不与Hans虚应几句。

"老余的动作真快，从一个无业游民突然成为O-One老板娘的司机兼管家，前后不过短短两个月的时间。" Hans边开车边说。

老余是姑姑的前男友，两人的关系匪浅，不了解情况的人的确很容易误会他坐的是喷射机。

我耐着性子解释："老余因为太太生病才辞职在家，跟一般认知上的无业游民有所不同。还有，他开车很稳，家务也做得好，我认为姑姑并没有选错人。"

"妳呢？有没有选错人？"

"什么意思？"

"我是说妳男友。"

我正要发火，Hans要我息怒，他是因为少有恋爱经验，想和我交流一下。

听他这么一说明，我的气消了，并且油然升起"提携后辈"的想法。

"我和他已经交往四年了，因为两家的背景相差太大，父母很反对，但我铁了心要和他在一起。最近……最近我俩之间有了小摩擦，他打算飞来苏黎世认错，诚意十足，但我好像对这段感情开始感到乏力。你问我有没有选错人？我很难回答你，因为没有比较就难分对错。不瞒你说，他是我的第一个男朋友，所以……"

Hans问我何不另交一位？有比较才容易判断自己是不是选对人。

"另交男友？在苏黎世？哈哈！我可不是花痴呀！总不能在路上随便拦下一个求交往吧？！"

"话不能这么说，好比妳可以考虑考虑我，我还是单身。"

"你这是开玩笑吧？两天前你才告诉我有喜欢的人，正打算向她表白。"

"哈哈……哈哈哈……妳就把它当成开玩笑吧！偶尔的玩笑话是人生的调味品。"

"我可不喜欢，"我沉下脸来，"下次请别再开这种玩笑，你我的年纪相差一轮呢！"

～

车子进入雷根斯堡已是下午三点。

"你约的是几点？"我问Hans。

"本来约好四点，临时改成明天同一时间。"

"哎呀！你怎么不早说？"

"我也是两小时前停车加油才得知，也只有那时候我才有时间阅读邮件。"

这下可怎么办？本来的计划是让秦平在机场干等五、六个小时当作惩罚，眼下又多出一天的时间。

"妳怎么了？"Hans问。

"没事。"我想了想，"待会儿办完酒店入住，我想小睡一下，晚餐时再叫我。"

～

我没睡，而是试图联系秦平，按照他的行程表，飞机已降落伦敦，中转的时间长达十八个小时（我能想象他必是找了个座位补眠，而不是入住机场酒店）。可惜我试了又试，仍无法联系上他。

"秦平肯定为了省钱没办国际漫游，现在只能祈祷他使用机场Wifi，兴许我们还能用微信语音通话。"我心想。

然而左等右等，他仿佛人间蒸发了似，此时房间内的座机响起。

"顾小姐，已经六点半了，这里的餐厅大部分营业至八点。"Hans说。

我想了想，与其漫无目的空等，还是善待自己吧！我已经空腹很长一段时间了。

"好，给我十分钟。"我答。

～

车子停妥后，Hans指着右前方说："那座石桥已经有八百多年的历史，看不出来吧？！"

此时桥上仍有闪着车灯的车子通行，多瑙河畔的路灯也亮着，所以虽然夜幕降临，仍看得出那是一座非常牢

144

固的石桥。

"的确保养得很好，我还以为经过战争的洗礼，它早破败不堪了。"

Hans接着指向左前方的红瓦绿墙建筑，介绍它原本是个盐仓，建桥时成了工人的食堂，现在则是一家德国餐厅，主打手指香肠。

"今晚该不会是香肠之夜吧？"我问。

"当然，来德国不吃香肠等于白来。相信我，好吃到能让人飞起来。"

我们下车走进餐厅，入口处有个大炉子，几名厨娘正把生香肠放在炭火上烧烤，烤到外皮焦脆、肉香四溢才上桌，另外还附上圆面包、酸菜及蜂蜜芥末酱。

"好吃吗？"Hans问。

"太好吃了！只是面包为什么给这么多？我们才两个人，竟然给了一篮。"

"这是论个卖，一个一欧元。"

原来如此。

我边吃好吃到飞起的德国香肠边观察四周，店内的桌椅及摆设全是老物件，窗外则是涓涓细流的多瑙河及充满故事的桥梁，在此用餐，除了时光的刻痕，还能感受到温馨及舒适，是个绝佳的体验。

吃饱喝足后，我没忘了买上几瓶店内的明星产品－蜂蜜芥末酱。

"我不知道妳这么喜欢他家的酱料。"Hans说。

"是不错呀！除了带给姑姑和余叔叔外，我还打算送给两位老人，因为匆忙间忘了买礼物。"

Hans听完欲言又止，我要他不妨直说。

"妳要有心理准备，也许他们不像妳想的那么和蔼可亲。"

"有些老人的确难以亲近，放心，我会把姿态摆低。"

"那么祝妳好运！对了，忘了告诉妳，我付了两晚的酒店房费。"

两晚？我问为什么？

Hans解释明天见面起码一个小时，即使马不停蹄地往回开，到苏黎世也差不多近午夜了，我得体谅一下开车的人。

这话说得我无法反驳，自己总不能背上压榨员工的罪名吧？何况Hans也是为了姑姑的官司鞍前马后。

"行，就这样吧！"我说。

得到许可（虽然是先斩后奏，让我很不是滋味），Hans再度表现奉承的功夫。

"既然约的是明天下午四点，那么白天就让我带妳参观这个美丽的小城吧！"

本来的计划并不包括观光，现在时间上允许，我没有理由不同意。

"那么麻烦你了。"我说。

"这是我应该做的，小老板娘。"他答。

第三十三章/公主咖啡馆

回到房间后不久，Hans打来电话，问我要不要游泳？酒店有温水游泳池。

"游泳？才刚吃完饭，不去！"我立马回绝。

大概又过了一个多小时，我的手机又响了，Hans说他放在储物柜里的衣服被偷了。

"被偷了？怎么会？"我问。

"我也不清楚，妳能来救我吗？就拿妳衣柜里的浴袍。"

但凡好一点儿的酒店都会给客人准备浴袍。

我打开衣柜，那里果然吊着两件，我取走其中一件。事后我才发现自己愚蠢，这种事情何必自己亲自出马？让Hans打给前台即可。

不管怎样，当时的我一心想"救人"，没思考太多便直接冲向游泳池的更衣室，然后犯下第二个错误（正确的作法是把浴袍交给值班人员，然而我却亲力亲为），果然……

我惊叫一声，丢下浴袍便往外跑，也不管周遭人群投来的询问眼光。

回房后，我锁好门又搬来椅子堵在房门口，然后躲进被窝里发抖。

是的，这是第一次我亲眼目睹男人的生殖器，我以为那话儿都像大卫的裸体雕像般小小的，但Hans的却是一个"巨无霸"，我吓得落荒而逃。

是……是的，我还是处女，这也是秦平钟爱我的方式，他说要把第一次留到洞房花烛夜时……

想到远在伦敦等待登机的男友，思念排山倒海而来。我马上找来手机拨打，可惜依然联系不上，这个傻小子该不会不知道如何使用机场的免费Wifi吧？

我将手机扔向一旁，睁着眼睛发愣，但不论怎么转移注意力，那个阳具一直在脑海里挥之不去，像一座发射器，哒哒……哒哒哒哒……

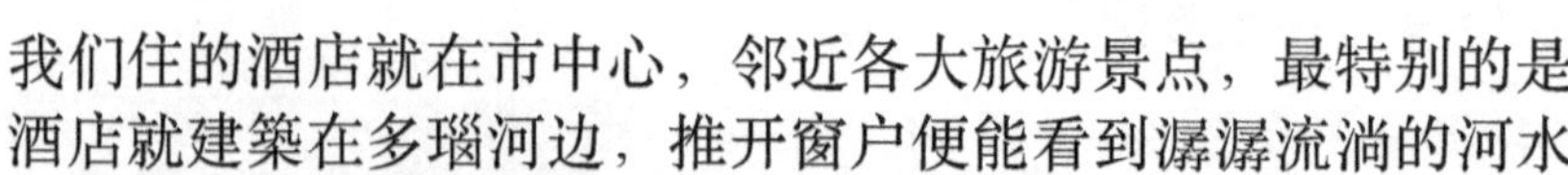

我们住的酒店就在市中心，邻近各大旅游景点，最特别的是酒店就建筑在多瑙河边，推开窗户便能看到潺潺流淌的河水以及远处高耸的教堂尖塔。

"昨晚……谢谢妳，妳没吓到吧？！"早餐桌上，Hans问。

"没，才多大点儿事。"

话答得云淡风轻，但老实说我真被吓到了，而且吓得不轻。

"待会儿我会向圣母忏悔。"他接着说。

我问忏悔什么？

"忏悔……我好像……开始……开始有点儿……喜欢妳……"

"够了，"我扳起面孔，"我说过别再开这种玩笑！"

"我不开玩笑，这是真的……才怪！"

我睨了他一眼，话懒得说一句。

走在窄窄的石板路上，四周围都是砖红色的古老房子，构成一幅中世纪的欧洲市景图，令人叹为观止。

当我们进入圣彼得大教堂时，神父和教徒正在望弥撒。不懂他们讲的什么，但那种氛围很是肃穆，尤其当唱诗班的歌声响起，敬畏之心也油然而生。

"看到那个管风琴没？"Hans手指前方，压低声音，"它是世界上最大的壁挂式管风琴。"

"是吗？难怪声音如此低沉响亮，不过最吸引我的还是圣坛后面的彩色玻璃窗，简直美得不似人间物。"

"妳知道为什么玻璃是彩色的吗？因为那时的工艺还造不出透明的玻璃。"

真的？这简直太神奇了！我还以为制作彩色玻璃的难度更高些。

然后Hans又告诉我一些史事，好比这个教堂曾两次被大火焚烧（现在看到的是1273年重建的），而教堂内的圣体匣、挂毯及其他珍品都其来有自。

"你懂的真多。"

"这是我二度光临，第一次有导游介绍，当然懂了点儿皮毛。"Hans突然在我耳边耳语，"嘿！妳信教吗？"

"没有，"我本能地向后退，"你有吗？"

"本来没有，现在有了，我祈祷圣母让我追上我喜欢的女生。"

由于不久前他才刚开过玩笑，我不知这是不是玩笑升级版。

"我也同样祈祷你能追得上，省得你老拿我开玩笑。"我答。

他呵呵呵地笑，让人不明所以。

~

走出教堂，我们驱车往东，那里有座瓦尔哈拉神殿，是为了纪念历史上对德国有贡献的名人而建，恍惚间，我仿佛来到希腊神庙。

由于馆内的烈士我一个不识，花钱看他们的画像或雕像感觉像把钱打了水漂（虽然那不过是两瓶汽水的价钱）。话说回来，神殿及四周围的风景还是很具可看性。

"已经下午一点半了，妳饿不饿？"Hans问我。

"早上吃多了，现在不饿，你呢？"

"本来想带妳去吃猪肘，但时间上有点儿来不及，只能留到晚上再吃。如果妳愿意，我倒是可以带妳到公主咖啡馆喝下午茶。"

公主咖啡馆？这听起来很梦幻。

"好，请带路！"我笑嘻嘻地答。

第三十四章/命运

公主咖啡馆是德国最古老的咖啡馆，始于1686年。它的门面很小巧可爱（是女孩子会喜欢的那一款），一层卖各种手工巧克力、糖果、咖啡杯及小熊玩偶，二、三楼才提供座位。

我们踩着旋转楼梯拾级而上，触目所及是色彩鲜艳的壁画，红的红、黄的黄、橙的橙、紫的紫，搭配深褐色原木及淡褐色地砖，视觉上的冲击让人仿佛打了鸡血似的。

没多久，服务员捧来我们要的咖啡及两样糕点（我点的是树莓蛋糕，他点的是苹果派）。

"好吃吗？"Hans问。

"好吃，下层是饼干胚，中间是软蛋糕，口味偏酸甜，是我喜欢的味道。你的呢？你喜欢你的苹果派吗？"

"我是随便点的，不知道它的肉桂味原来这么重，"他停顿了一下，"妳喜欢苹果派吗？要不，我们交换着吃。"

在我看来，交换吃是情侣或闺蜜才会做的事，我和Hans还没熟到那种程度。

"还是不要，你另外再叫一份吧！我买单。"我说。

"那倒不必，东西再怎么不好吃，我也会把它吃掉，各人造业各人受，不是吗？"

我以为"各人造业各人受"不适用在此场景，但看他又恢复以往的理智（与我保持距离），我决定不予置评。

吃完下午茶，我下楼停留在一层，不仅买了数十颗不同口味的巧克力（装成四个礼盒），还买了一只可爱的玩具熊，结账时花掉五百多欧元。

走出咖啡馆，我发现对街有个艺人正在拉手风琴，音乐像一汪清泉洗涤了我的心灵。

"Hans，你过去问他会不会拉教父的电影插曲《Speak Softly Love》？"

"干嘛？"

"你问就是。"

一问，那位留著卓别林小胡子的街头艺人果然会拉，于是我把50欧元放进他的琴盒里。

你若问为什么？反正我觉得此情此景很适合听这首曲子。

一曲罢了，除了我给的50欧元外，那人又得到其他游客给的赏钱。

我正要离去，卓别林叫住我，特别又为我演奏了一曲《Lemon Tree》。

"Super!"我鼓掌。

当我又要掏钱，那乐手拉拉杂杂说了一段话，我一头雾水。

"他要妳别付了，这首是送妳的。"Hans翻译。

于是我对他伸出大拇指，再向他挥手道别。那人竟然给了我一个飞吻，简直滑稽透了！

上车后，我仍兴奋不已，但Hans泼来一盆冷水，他说我给多了，通常打赏街头艺人是一欧元的事，那人大概以为今天交好运，遇上了迪拜来的妃子。

"那也没什么不好，开心最重要。"我说。

"是呀！富人永远不懂穷人的苦……不对，我应该说妳懂得，所以出手大方。"

"话不能这么说，"我解释，但心里并不愉快，"我偶尔才会出手大方，不是经常如此。"

"就想问妳一句，妳知道那只小熊要价一百欧元吗？"

"知道，怎么了？"

"没事。"他发动车子，"我们现在出发到Tempe Park，你姑姑的公婆就住在公园附近。"

～

Hans说由于德国的租房政策倾向保护租房者的利益，60%的德国人以租房为主。还有，德国人的个性普遍严谨，表现在住所上便是维持环境的干净整洁，那些外表朴素老旧的房子，室内往往非常考究，而且放眼望去，井然有序。

话说至此，他的车子停在一栋人字形屋顶的房子前，面积虽不大，庭院也小，但窗台上有花，看起来很温馨。

"到了？"我问。

"嗯！"他看了一眼车内的时间显示器，"差十二分钟四点。"

"So?"

"德国人很注重守时，迟到或早到都是不礼貌的，所以我们得待在车内等。"

我不禁哀叹一声。

"没那么夸张吧？和我在一起有这么痛苦吗？"

"知道就好。"

他沉默了一会儿，突然提起："妳是第二个见过我裸体的女人。"

我红了脸，但仍假装不在意地问谁是那个倒霉的第一人？

"是我妈，她死了，我爸……也死了，直系亲属可说空无一人。"

本来我想倒打他一把，没想到踢到铁板。

"I'm sorry." 我不得不说。

"没事。人生就是这样，越用力越得不到，越得不到就越想要，好比我很想组建一个家庭却不可得。"

我答他的人生还没走到一半，怎么就知道不可得？

"顾小姐说的是，想必妳也很想组建一个家庭吧？"

"当然，但前提是必须与自己喜欢的人一起。"

他又呵呵呵地笑，让人很不是滋味。

"我说错了吗？"我反问。

"嫁给爱情当然好，但很多人都是嫁给命运。我不知道妳的命运是什么，但我的命运是找到那个可以改变我命运的女人，然后让她嫁给我。"

第三十五章/我醉了

我把包装精美的巧克力和蜂蜜芥末酱送给第一次见面的人，那个老婆婆说了几句后，让开身好让我们进屋。

"%#@$&……"站在走廊上的老爷爷说。

"Ok." Hans答，然后转向我，"他说到Winterzimmer坐。"

Winterzimmer？

后来我才知道那是阳光房，有天窗及大片落地玻璃窗，不仅采光佳，保暖效果也好。听说很多外国人拿它当花房或书房，显然Mr.and Mrs.Schneider 把它当作第二起居室。

坐下后，我的姻奶奶问我喝茶还是咖啡？由于刚喝过咖啡，我答茶。

Hans的答案跟我一样。

寒喧过后，Hans提醒我："现在换妳登场了。"

我清了清喉咙，把肚里早准备好的求情词说出来，不外唇亡齿寒，如果他们愿意撤诉，我负责让姑姑也退一步，彼此都能海阔天空。

姻奶奶听完，巴巴啦地说上一大段话，接着姻爷爷也发表意见，长到我以为他把所有的财产都分配完毕。

"她说……他们说……说……"

"你倒是快说呀！"

"我不知道能不能说，因为……"

"可以可以，"我猛点头，"不论他们说什么，你照着翻译就是，不要有任何负担。"

接着我便听到一件匪夷所思的事，直呼不可能。

Hans以普通话安慰我："妳别往坏里想，这是他们单方面的说法，也许Brigitte有另外的版本。"

说的也是。

"那你帮我问，如果姑姑真的有私生子，而且……而且间接气死他们的儿子，结局除了对簿公堂外，还有没有别条路可走？"

这次他俩的回答简短多了，而且貌似同一口径。

"他们答儿子没了，至少钱还能抚慰在世的人。不讳言地说，他们大半辈子都过得紧巴巴，眼前的这栋房子还是租的，就算死前没法儿用完那笔钱，捐给教会也好过给予不忠的儿媳妇。"Hans翻译。

想到那是姑姑毕生的心血，若被迫捐给教会，她恐怕要彻夜难眠了。

～

"既然去过最古老的咖啡馆，那么再去雷根斯堡最古老的餐厅吃饭就完美了。"Hans说。

由于心中有事，我没表现出太大的兴趣，但还是发挥合群的精神，陪想吃的人去吃。

后来才知道Hans口中的这家餐厅就位于圣彼得大教堂旁，半窖式，服务人员都穿着巴伐利亚的传统服饰。放眼望去，木质的座椅和昏暗的灯光的确很德国。

我们要了两份猪肘和黑啤，猪肘皮脆肉嫩，搭配的酸菜很可口。特别值得一提的是他家的炸薯片，我第一次吃到和洋葱一起炸的薯片，真是美味极了。

吃饱喝足后，我起身到洗手间"回应大自然的呼唤"（answer the call of nature，上厕所的意思），还再一次打给秦平，可惜依然无果，这可怎么办？

脑筋一转，我接着打给老余，问他能不能上机场帮我接个朋友？

"恐怕不行，昨天妳姑姑洗完温泉后竟然出现头晕现象，一测是低血糖，而且接近危险数值，我看我得随侍在侧，以防万一。"

"那是当然的，如果情况没有好转，请立刻通知我，我马上赶回去。"

"知道了，妳自己注意安全。"

挂上电话，当我思索还能找谁帮忙时，那个混血儿的身影不偏不倚地浮现在脑海里。

"Louis愿不愿意帮忙呢？"我边想边拨打。

手机那端的他一听说我男友还在机场痴痴地等，笑不可仰。

"你不帮忙就算了！我挂了。"

"别……别挂！我帮就是，他叫什么名字？"

"秦平，秦朝的秦，太平的平。他的班机应该在六个小时前抵达，由于联系不上，我也不知他身在何处。"

Louis答知道了，这件事就交给他，又问我在哪里？

"我在雷根斯堡……出差，因为刚吃完猪肘，我正在洗手间剔牙。"

"那妳继续剔，我去接妳男友。"

挂上手机，我松了一口气，总算解决一个棘手问题。

回到座位，我发现Hans又叫来两杯啤酒。

"还喝？我想回酒店了。"我说。

"别扫兴，刚刚妳喝的是 Einsiedler，这个是 Kobrau，不一样。"

我才不管，自己的酒量浅，再喝肯定醉。

为了让我陪饮，Hans说如果我能喝完面前的这一杯，他就答应做一件疯狂的事，哪怕要他裸奔也行。

"我才没兴趣看你裸奔，不过……为什么姑姑的公婆会知道姑姑有个私生子？这事你清楚吗？"

"我怎么会清楚？倒是……"他特意看我一眼，"我知道怎么让案件反转。"

"那你快说呀！"

Hans把啤酒往我的方向挪，示意我喝完。

我想了想，为了姑姑，只能豁出去了。

于是我一仰头，让泛着泡沫的金黄色液体顺着喉咙滑落下去。

"喝完了！"我喊，然后将杯底朝天以兹证明。

"走！我们回酒店。"Hans起身。

"不许走！你撒谎，你说要告诉我……告诉……"

"我没撒谎，回去我再告诉妳。"

尽管我不想走，但身体好像不归我管，Hans 很快架
着我离开。

第三十六章/凤凰男

这家餐厅其实离酒店不远，走个十几分钟就能到，但我走路不稳，Hans决定还是开车。

事实证明这是有风险的，因为上车没多久我便捂住嘴巴喊："停车，我想吐。"

Hans赶紧路边停车，但我试了又试，还是没能吐出秽物，梗在喉咙里更加难受。

"妳可以吗？"他问。

"可以，你开车吧！"

到了酒店，Hans扶我下车，经过前台时，工作人员问了几句。

我不知道Hans回答什么，但我很难受，所以开口请求帮助。

" Help......Help......I need help." 说完之后，我歪倒在Hans身上。

接下来的事我不是很清楚，好像有人扶我回房，接着房间里"人来人往"，等我再有知觉，已经是第二天近中午的时候。

"老天！我竟然睡了这么久，怎么Hans也不喊我吃早餐？"

我边想边拿起座机拨打，可惜无人接听，只好下床找手机，这才发现Hans给我打来不下十通电话，另有两通来自Louis。

"谢天谢地！妳终于醒了，赶紧到警察局帮我作证。"Hans急急地说。

"作证？"

"昨晚妳害惨我了，酒店人员误以为我趁人之危，我因此在警局待了一宿。那帮洋鬼子真会折腾人，这不是我的地盘，让我上哪里找人担保？只能期待妳这个受害人现身澄清。"

我一听，内疚到不行。

"你等等，我马上到！"我说。

酒店工作人员的英语还不坏（至少听懂我那支离破碎的英语），帮我叫来出租车。

当我和"加害人"走出警局，Hans立即大吐苦水。

"对不起！"我对他行了个躬，"你怎么罚我都行。"

他叹了口气，答："算了，这次妳欠我，下次我若需要妳，妳责无旁贷啊！"

～

回去的路上，我提起那个未兑现的承诺。

"妳喝多了吧？我什么时候说过那样的话？"

苍天为证，他明明答应告诉我如何让姑姑的案件反转。

如同"你无法唤醒一个装睡的人"一样，我也无法说服一心想毁约的人。

"好吧！你不说也罢，山不转路转，我会让姑姑的案件反转，你等着瞧！"

话一甫歇，我的手机铃声响起，是Louis打来的。

"妳总算接听了，就想告诉妳，我把妳男友接到我家里，他就在我身边，妳想和他讲话吗？"

有大半月没和秦平联系，我有些胆怯，但仍"嗯"了一声。

电话里男友的声音没变，他告诉我在机场接机口等了好久好久，没办法，手机没电等于寸步难行。

"你没带充电宝吗？就算没带，机场也有插头。"

"有人告诉我充电宝不能带上飞机，还有，我忘了带转换器，这里的插孔和国内的不一样。"

我以为"久别重逢"会是"情话绵绵"，没想到还是谈论生活琐事，难道我和秦平之间已经没有了爱情，转变成"老夫老妻"，这太可怕了！

"你……好吗？"我问。

"很好，Louis的家很舒服，他的女友煎牛排给我吃，很美味，不失大厨的水平。"

"他的女友叫什么？"我问。

"Floria。怎么了？"

我答没事，心想Louis怎么还没换女友？

"妳什么时候回来？我……想妳了。"

这是通话以来，他第一次对我流露感情。我没感动，反而心里怨他在外人（Louis)面前说情话让我难堪。

"我正在回苏黎世的路上，大概晚餐前会到，你先打包好，我帮你找家酒店住下。"

"Louis说我可以住他家。"

"不许！"我调整一下自己的不耐烦情绪，"我和他不熟，你也是，不好打扰人家。"

我们又谈论了一些杂七杂八的事才挂机。

"看来妳的男友该拉警报了。"Hans忽然说。

我问什么意思？他答我的心已经不在秦平身上。

"胡说！我的心一直在他身上。"我停顿了一下，"你为什么这么想？"

"因为妳说话的口气像母亲对孩子……不，母亲对孩子是包容的，而妳……倒像是面对上门的穷亲戚，不好意思拒绝，但又非真心接纳。"

Hans的话醍醐灌顶，我的确没做好迎接秦平的心理准备。

"可能之前的磨擦在作祟，我还没原谅他。"我解释。

Hans问我和秦平为了什么吵架？

"他以为我为了一本瑞士护照和洋人谈朋友，又说他早该看出我的鸿鹄之志，否则不会对'拿拆迁款买房全家一起住'的想法推三阻四……"

"如果只是这两个原因，我认为前者无非臆测，说到底只是缺乏安全感，后者才是主因，妳真的不愿意和他的家人同住？"

"……嗯！老实说，我挺抗拒他的家人，最好一年365天都别见面。"

"那完了！秦平小老弟肯定要失去妳了。"

我问此话怎讲？他答富家女和凤凰男的结合最后都会败在剪不断理还乱的家庭关系上。

"你不也是凤凰男？"我抓到把柄。

"但我不一样，直系亲属没了，旁系的也多年不往来。换言之，嫁给我的女人不用担心被穷亲戚给拖累了。"

的确，本来谈恋爱是两个人的事，只有风花雪月，但一论起婚嫁，本质就变了，秦平的家人一一介入，并对我们指手划脚，让人好不心烦！

"也许你是对的，但我对秦平还是有感情的。"我弱弱地答。

"那么让妳男友和我一起住吧！我可以顺便替妳把把关。"

"不用了，他不见得想和你住。"

"妳何不亲自问他？凤凰男会为了省一块钱而拼得头破血流。"

第三十七章/深不可测

秦平一听说两星级酒店也要60欧元一晚，直呼抢钱。

"瑞士的物价本来就贵，到超市买一罐可乐都要十多元人民币，60欧元的房费已经很低了。"我在电话中说。

"我看我还是住青年旅社好了，那个便宜。"他答。

我一查，是比较便宜，但也没便宜多少，何况还得和人共用卫浴。

秦平因此沉默了下来。

不讳言地说，打从我和他交往以来，所有的费用都是AA，为了不增加男友的负担，我从来不要求去高级餐厅吃饭，平常的娱乐也只限看看电影、压压马路，因为秦平虽有奖学金，付完学费和日常开销已经所剩无几。他也不可能去打工，成绩若下降，他的奖学金也会被取消，等于得不偿失。

"等攒够了钱，我们在市郊买一栋别墅，每天开着大奔上班。"他说。

日常生活中除了学习和谈恋爱，能让男友的精神为之一振的也只剩下规划未来。每当这时候，秦平不再是那个有着中度近视的书虫，他的眼睛闪着光芒，能够一遍又一遍地述说考进四大会计师事务所后的美满生活。

"衣服呢？"我问。

"衣服当然不能穿得寒酸，我们得买正装，质量很好的那种。"

"周末上哪里玩？"

"我们有车，想上哪儿玩就上哪儿玩。"

"年假呢？我可不想待在国内，那多无聊！"

"初级审计师有10天年假，高级审计师有15天，不管哪个，时间长得足够买张机票出国转转。这件事就交给妳了，因为妳比我有经验。"

我的确比秦平有经验，因为家境富裕，大学还没毕业就已经旅游过许多国家。我也曾邀请男友随行，他总推拖，我知道那是由于他囊中羞涩又好面子的缘故（花女人的钱无疑让他认怂），所以我也不好勉强，只是万万没料到男友的第一次出国会如此仓促，这不在计划内。

回到住宿问题，秦平一句不吭代表不论二星级酒店还是青年旅舍都大大超过他的预算。

"要不，你和我姑姑的员工挤一块儿吧！他家客厅有张沙发床，不收房钱，你负责打扫卫生抵消掉。还有，你可以搭他的车进城，自己再想办法回去。"

"搭他的车进城？他不住在苏黎世？"

"苏黎世的房租可贵了，他负担不起，不过迪蒂孔也不远，半小时的车程。"

秦平又沉默了，不过这次我相信他正在思考。

"对不起，"我懦懦地解释，"也许我应该邀你住在姑姑家，但她的房子小，只有两个房间……"

"不需要道歉，我可以睡沙发床，也可包揽所有的清洁工作，但不接受免费，每天我会付十欧元，补偿给二房东带来的不便。"

这就是秦平，绝不占人便宜，我很庆幸自己没看错人。

"成，你尽快打包，我们大概两个小时后抵达。"

"我们？"

"我和你的二房东一起……出差。"

"好，我等你……们。"

挂上电话，我望向Hans，他的嘴角浮现神秘的笑容，仿佛在说："看！我说的没错，凤凰男就是这么抠。"

"我的男友不抠，他说每天付你十欧元。"我主动声明。

"这只能表示他有良心，不代表不抠。实话告诉妳，每个月我得上缴1800瑞朗给房东，摊在每日，换算成欧元便是60。当然，妳也别多想，我原本就当做好事，没打算要他的钱。"

"放心，他一定会给，"我转向车窗外，喃喃道，"你不收他也给。"

～

由于Hans的"不看好"，激起我的护犊之心，看见近一个月不见的男友，我忽略了曾有的不快，主动对他和颜悦色起来。

"你瘦了。"我说。

秦平摸摸自己的脸颊，答："可能考试太拼导致脸瘦，身体倒好，腰围还和从前一样。"

Louis插嘴要我放心，秦平吃的可多了，把他家准备食用的一个礼拜肉量全给消灭。

"你真吃这么多？"我问秦平。

"嗯！飞机上的食物很难吃，再说中转机场的食物也贵，就这么一路饿过来。"他压低声音，"我说过要付钱，他死活不收。"

依据我的了解，Louis对食物的要求很高，苏黎世就有几家提供高级生肉的肉铺，秦平当真要付，那绝对会是让他看了当场崩溃的数字。

我遂在男友耳边低语："没事，改天我们请吃饭，那就扯平了。"

秦平显得很高兴，大概因为我对他做出亲昵举动。

"嘿！你们的悄悄话能留到私下无人的时候再说吗？开了五个多小时的车，我累了，还得留精力开回家。"Hans说。

于是我们很快告别，我还说找时间请屋主人吃饭。就这么凑巧，老半天不见人影的Floria此时赤脚走过来，脚趾上的鲜红色指甲油看起来很刺眼。

"如果那时你还没换女友，也欢迎Floria一起来。"我补上一句。

Louis笑了，颇深不可测的样子。

第三十八章/23岁的坎

晚上八点多，苏黎世的多家餐厅已经不接待客人，但酒吧还开着，有的甚至一直营业到凌晨。

本来我想找家酒吧吃饭，但Hans说家里还有几尾虾，再不吃就馊了。

秦平也发话："Hans开那么久的车，肯定累了，妳也是，明天我去找妳！"

既然这样，我便在姑姑家所在的公寓前下车。

"回去我们再通电话。"我对男友说。

"好，妳……"

秦平话没说完，Hans已脚踩油门而去。

好个没礼貌的家伙！

我气不打一处来，但再一想，此处车子只能暂停三分钟，也许抠门的Hans害怕交罚款，所以……

"算了，他也累了，任谁累了都容易做出令人讨厌的事。"我心想。

我没让电梯的弹簧门"响彻云霄"，也没忘了将电梯的內门和外门全拉上。想到姑姑若再收到两封警告信就得上市政府说明情况，再怎么着我也得戒慎小心，不是吗？

刚把钥匙插入钥匙孔，老余便打开门。

"宛宛回来了。"他说。

"余叔叔，我还以为你已经回家了。"

"是……是该回家，这不是等妳吗？怕妳忘了带钥匙。"

我进到屋內，没看到姑姑。

"妳姑姑人不舒服，早早就睡。"老余解释。

"噢！那我不吵她。"

老余接着问我吃了没？我回答没有。

"那么我给妳下碗面吧！要汤面还是干面？"

"干的吧！"

等我洗完澡出来，一碗海鲜炒面已经做好了。

"余叔叔，谁嫁给你都会很幸福，光吃的就加分不少。"我狼吞虎咽起来，同时没忘了赞美厨师的手艺。

"妳真这么想？那我放心多了。"

"放心？莫非……"

老余索性坐下，问我知不知道他和姑姑的过往？

"知道，你们以前是男女朋友，还曾有过一个孩子……"

"孩子？"老余惊恐万分，"什么时候的事？妳姑姑说的？"

该死！我怎么把姑姑的秘密给说出来了？

"那个……那个……哎呀！让我怎么回答？我这个大嘴巴！姑姑若知道了，肯定恨死我了！"

"宛宛，妳别怕，我不说是妳说的就是，快告诉我那个孩子现在在哪里？"

"好像……没了，因为……因为你另娶，姑姑太过伤心，所以……"

老余听完，很是哀戚。

"你也别怨姑姑，当时她不过是个不富裕的留学生，你让她怎么抚养一个小孩？"我说。

"我没怨她，是我错了，我对不起她，也对不起那个逝去的孩子，如果……也许他已经娶妻生子了。"

我告诉他那是个女孩。

"女的……"他喃喃低语，"我猜想她会是个漂亮女生，算一算，如果还在，她应该已经23岁了。"

"你说什么？"我停止吃面，"23岁？"

"没错，和妳姑姑在24年前分手，从怀孕到出生不也得九个月？"

～

不可能的！绝对不可能！

我急得在房间内来回踱步，如果不是时差问题，我肯定打回北京求证。

就在心情不平静的情况下，我忽然想起了秦平，对，他肯定能替我分析分析。

二话不说，我用微信发起通话。

"宛宛，我待会儿打给妳，油锅正热着呢！"秦平答。

"怎么是你煮？Hans呢？"

"他洗澡去了。"我听到手机那端传来热油在锅里沸腾的声音，"谁煮都一样，我不也要吃？"

"好吧！你空下来的时候再打给我。"

没想到这一等等到午夜过后，我也因白天坐了好几个小时的车，很快便睁不开眼睛。这一睡竟然睡到日上三竿，我还是被手机铃声给吵醒的。

"宛宛，这是我的手机号。"秦平说。

"你买电话卡了？"我睁开惺忪的双眼，"是Hans帮的忙？"

男友答Hans很早就出门，出门前也没喊他，是他自己找到火车站，然后坐火车来到苏黎世。由于短途车票只要2.6瑞郎，他选择坐到Sihlquai，下车后看到电讯店有卖电话卡，于是买了一张。

"你一个人搞定这一切？太了不起了！"

"也没什么，为了省钱不得不硬着头皮请教人。多问几个后，我也精了，专挑学生长相的问，他们大多懂英语，也不太会拒绝人。"

我挺开心自己的男友很独立，第一天就解决交通问题，还买了电话卡。

"宛宛，妳能出来一下吗？我有事问妳。"他说。

我正好也有事问他。

"行，我上哪里找你？"

"我现在在瑞士国家博物馆内，门票10瑞朗，给欧元竟然要12欧元，找零还给瑞朗，这太亏了！早知如此，直接在国内换瑞朗比较划算。"

秦平抱怨着几块钱人民币的差异，在我看来很不可思议。

"没关系，你把手上的欧元给我，我跟你换，反正旅游时用得上。"

"算了，这么贵的国家我是不会再来第二趟，用不完的欧元回国后刚好可以换回人民币。如果手握瑞朗就换不回来了，因为当初我换的是欧元，有收据证明。"

我有太多问题想问，包括他打算待在瑞士几天？手里有多少欧元？依据我的判断，他能不再取钱就已经很不错了，遑论回国换回人民币。

然而最终我还是决定不打击他，等他自己觉悟。

"那么你待在馆内，我过去找你。"我说。

"好的。"他答。

第三十九章/打肿脸充胖子

挂上电话，我忽然想起父母，现在是北京的下午五点，时间刚好，只要他们否认，我便可以安心，但……如果结果恰恰相反呢？我不认为自己有勇气面对。

想来想去，仍没理出一个头绪，我决定还是先"按兵不动"。

走出房间，老实说我的内心有点儿忐忑，万一遇到姑姑和老余，我该如何应对？

还好屋子里空荡荡的，那两人皆不在，他们去了哪里？

答案很快揭晓，我看见厨房案上有张纸条，上面写着：**烤箱里有豆腐脑和烧饼，妳姑姑牙疼，看牙医去了。**

这真出乎意料，我以为姑姑的血糖又升起，结果却是牙疼。

等我把还温着的豆腐脑及烧饼吃完，时间已经过了正午。为了不让秦平久候，我决定打车前往约定地点。

瑞士国家博物馆的外观有点儿像电影《哈利波特》中的魔法城堡，展品从宫廷到民间，时间则从中世纪到现代。馆内分为四个区域，第一区域展出瑞士最早的城堡及抵御外敌的作战模型；第二区域是宫廷房间；第三区域是艺术品展示；第四区域是生活区。

我在生活区找到秦平。

"妳看那张婴儿床，上面的被子怎么翻也掀不掉，跟我小时候盖的有异曲同工之妙，看来我妈真是心灵手巧。"

"是呀！可惜……"我急踩刹车。

"可惜她只是个农妇。"秦平把话接下去。

此时我应该严加否认，但否认不了，我的确那样想。

我的沉默无疑作实男友的猜测，他继续将矛盾扩大。

"这就是命运！好比我姐，如果不是小时候延误送医，她现在大概也开始回馈家庭，而不是成为负担。"他说。

"你家就是这个条件，改变不了什么，现在说这个有意思吗？"

"我家的确就是这个条件，如果能选择，我会选择诞生在不用奋斗三十年的家庭，问题是无法选择，我只能努力将手中的烂牌打好。"

我也曾想过，如果秦平的原生家庭没有拖累他，他肯定比现在更具竞争力，也许……也许他就看不上我了。

"平，我不是不知道你的难处，但现在事情有了变化，我们……我们得好好商量一下。"

他问什么变化，声音是颤抖的。

我告诉他，姑姑需要我，我得待在瑞士一段长时间。

"我难道不需要妳？妳也知道我不可能远游，我父母还需要我养老送终。"

"这就是问题症结所在，要不你来我这里，要不我去你那里，"我思考了一下，决定将事情说开，"我的依亲签证下个月会办出来，收养手续也在进行中，顺利的话，明年年初我便是姑姑法律意义上的女儿，她打算把她的公司逐步交给我经营。"

秦平一边笑一边摇头。

"你怎么了？"我有不祥的预感。

"回答我，如果我是名门望族的后代，结果会不会有所不同？"

"如果你是名门望族的后代，大概……大概会成为小留学生；你也不用特别照顾你父母，他们能自行解决养老问题，我们……我们的世界也会相对轻松很多。"

他听完后，呆若木鸡。

我感到内疚，懦懦地解释："很抱歉我没法儿用更婉转的方式表述，如果不是尚有感情，我也不致于纠结。我希望我们一同面对及解决问题，而不是窝里反。"

"妳无需道歉，是我不好，让妳不知所措。妳说的对，解决问题要紧，但……急事缓办，让我好好想一想再回答妳。"

本来我打算把心中疑问告诉男友，让他替我将一将，现在"天不时、地不利、人不和"，我只能将话吞下。

"你吃了吗？如果没有，我带你去吃好吃的。"我提起精神说。

"好，这是我第一次在苏黎世外食，请带路。"

～

知道秦平节省的个性，我特意带他到离中央火车站不远的一个小弄堂吃意大利面。秦平一看餐厅的外表朴实无华，露出欣喜的笑容。

"怎么知道这家店？妳来过？"他问。

"没来过，只是听说这里的东西好吃，所以过来一试。"

服务员给我们德文菜单，还好有图片，不难理解。

"怎么没标价钱？"秦平压低声音问。

我的心因此喀噔了一下，通常价昂的餐厅是不标价格的。

"不知道哪！反正到时付费就一目了然了。"我四两拨千金地答。

和传统的意大利餐厅一样，他家提供餐前面包，沾上橄榄油食用，很是开胃。

等了约莫半个钟头，我们点的东西终于上桌。我的是柠檬奶油鲜虾意面（自己看图猜的），虾很新鲜，柠檬的酸味刚好中和奶油的腻；秦平点的是海鲜意面，很大一盘，有鱿鱼、大虾、青口……等，配上蕃茄酱汁，看起来很爽口。

吃完正餐，我问秦平吃不吃甜品？

他望向隔壁桌的提拉米苏，回答："不吃。"

于是我只叫一份提拉米苏，吃了几口后，我佯装吃不下，好让节俭的男友全扫进肚里去。

账单呈上后，秦平睁大眼睛问我是不是搞错了？

我也觉得贵，两盘意面就要78瑞朗，提拉米苏22瑞朗，加上10%的小费，一餐就花掉八百多元人民币。

"这是我妈一个月的买菜钱，"秦平边说边掏出60欧元给我。

我把他的钱推回去，说这餐我请。

"输人不输阵，"他又把钱推还给我，"钱不够，大不了再取。"

什么叫"输人不输阵"？

我把上升的怒火压下，匆匆付完费后，我闷不吭声地走出餐厅。

"妳怎么了？"他问。

“我累了，想回家。”

“这么早？”

“嗯！”

男友提议送我回家，我回答免了，自己打算打车，没力气走路。

他欲言又止，最后默默走开。

“顾宛宛，看妳干的好事！这就是妳对待男友的态度？”

“他不也阴阳怪气的？没钱还打肿脸充胖子，付了又不甘心，他没理由坏了我的心情。”

“妳也不想想他远道而来又人生地不熟的，被妳冷暴力后，他的失落可想而知。”

想至此，我追了上去，也不知他弯到哪里去了，反正人来人往，无一是男友的影子。

我正要打电话给他，一个熟悉的声音叫住我：“顾小姐，妳怎么在这里？”

原来是Louis。

“我……我正要回店里。”

“那正好，我想买点儿鱼子酱，我们一起走！”他说。

第四十章/免死金牌

店里没有Hans的身影，我只好唤来冰山美人。

几番对话下来，Louis表示想试吃，Gaby让他先买小样（从肢体语言中意会出），被我给制止了。依据我对Louis的了解，他很舍得为自己花钱，果然……

"你买这么多，想开鱼子酱派对吗？"我问。

"嗯！给Floria一个小惊喜。"

"Floria? 她还是你这星期的女友？"

"哈哈！她已经当我的星期女友当了两年多了。"

我这才发现自己上大当了。

"Very funny." 我说。

"妳的星期男友呢？ 他好吗？"

"很好，不久前我们还一起吃饭，现在……他回迪蒂孔……他和Hans住一块儿……你记得Hans吧？ 你俩在洛桑的Beauté Palace酒店见过面。"

Louis答记得，只是为什么他们两人住一块儿？苏黎世有很多酒店和短租公寓。再说，他也曾邀请秦平同住。

哎！说来话长。

本来我只想述说我和男友在金钱观上的差异，可是越说越觉得委屈，凭什么我得降低自己的生活水平去迁就他？他就不能好好努力一下来达到我的水平？

"妳还爱他吗？" Louis突然问。

我思考了一下，很诚实地回答："如果还爱，爱的成分也逐渐下降中。"

Louis沉默了。

"你是不是认为我是个坏女人？"我问。

"坏女人？"他笑了，"没那么严重。爱情这东西勉强不来，如果不开心就分，没什么大不了的。"

"你真这么想？"

"是的。实话告诉妳，我办的鱼子酱派对就是分手派对，酷吧？"

~

回到家，姑姑和老余还和从前一样，不，两人更亲近一些，我寻思该不该把这份平静打破？

是的，我是一只把头埋进沙子里的鸵鸟，仿佛只要我不点破，这世界还会像我想的那样美好，所以当秦平打电话过来时，我再次把鸵鸟精神发挥到极致，仿佛之前的种种不愉快一笔勾销，忽略了我们的关系已经岌岌可危。

"你后来去了哪里？"我问。

"随便走走，发现一家中国超市，我进去买了面条、牛肉和青菜，连Hans都夸我煮的牛肉炒面好吃。"

看他和二房东相处得很好，我也放心了，接着问他哪天走？

"还有五天，"他停顿了一下，"我原本期待妳能跟我一起回国。"

"可是……"

"我知道，也许等我想到如何解决异地夫妻的问题再说。"

"那个……"我还是鼓不起勇气，"好，我等。"

~

这真是一件奇怪得不得了的事，我和秦平被邀请参加Louis和他女友的"分手派对"。

"这要搁在中国，简直离经叛道得可以！Louis也真是的，Floria挺好的，为什么要分？那洋女人也傻，被甩了还很高兴的样子。"秦平说。

我望向盛装出席的人们，Floria无疑是当中最闪亮的，她身穿红色丝质吊带裙，脸上画着精致的妆容，正巧笑倩兮；Louis也是，西装笔挺兼气宇轩昂。怎么看，这俩口子配了一脸，不像"非分不可"的样子。

"哪一天我们也来开分手派对，好不？"我说。

"别开玩笑，我生气了。"

秦平是真的生气，脸色铁青，看着挺吓人的。

"我帮你拿吃的过来，你还没尝过姑姑家的鱼子酱。"我找了个借口离开。

Louis家的长条桌上除了鱼子酱，还有很多高挡的小食，譬如Delafee的松露巧克力、纯天然的果冻豆、附上可食金箔的纸杯蛋糕、巴掌大的海鲜生蚝……等，每样我都取一个。

"秦平怎么不过来？"Louis走到我身边问。

"他……"我望向站在屋子角落的男友，"他害羞。"

"这可不行，社交很重要。"

"你饶了他吧！德、法语不通，英语也讲得坑坑巴巴的。"

"妳不也是？我看妳就适应得很好。"

真是一语惊醒梦中人！

我和男友的不同不止在于家境，尚包括衍生出来的种种问题，譬如当我面对奢华场景时能很快处之泰然，秦平不一样，他如坐针毡，像一只土狗突然闯进孔雀堆里。

"Excuse me." 我离开Louis回到秦平身边，并把手中的盘子递给他。他也不客气，每样都尝了。

"这些东西看起来好吃，其实都不合我的口味，尤其鱼子酱，除了咸和腥，我尝不出什么，还是炒饭和炒面好吃。"

秦平说的是大实话，但此情此景我做不到共情，反而为男友的无法融入而感到汗颜。

"这世界不光只有炒饭和炒面，你也应该尝尝别的，否则就落伍了。"我冷冷地说。

"呵呵！我有中国胃，别的可以将就，这个不行。对了，什么时候可以走？这一屋子的人我大多不识，多别扭！我们还是赶紧走吧！"

Louis 一听说我们要走，很是诧异，他表示待会儿还有节目呢！

"不了，秦平不那么enjoy it。"我望向站在门口的男友，他一副归心似箭的样子，"谢谢你的邀请，请帮我向Floria致歉。"

离开Louis家，我才让按捺已久的火山爆发。

"妳什么意思？我让妳丢脸了？"他问。

"难道不是？一屋子的人就只有你躲在角落，难道你想离群索居？"

秦平答他没打算离群索居，但为什么非得和第一次见面的人打成一片不可？

他的问题让我一时语塞，我以为不熟也能做到"打成一片"。

"好，我道歉，这事不提了。"我主动息兵罢战，但秦平没放过我，他说我变了。

我变了吗？或许吧！经过这些日子的分隔两地，我的世界开阔了；反观秦平，他的小池塘并没有加大，这让待在里面的我感到窒息。

"人肯定得变，你能说四年前的你和现在一模一样吗？"我问。

"若拿四年前和现在比，也许我的头发颜色变了，也许我的体重增加了，也许我的吃饭速度加快了，但……爱妳的心一直没变，妳呢？妳还像从前一样爱我吗？"

"我……我……我可能……"

我话还没说完，秦平用嘴堵住我的唇，那样的急切，像用尽了全身的力气，如果不是不小心咬到我的舌头，他恐怕还得继续。

"对不起，宛宛。"他说，很内疚的样子。

我答没事（虽然口腔里明明有血腥味）。

"要不要上医院？"他关心地问。

"说了没事，你就别再纠结了。"我思考一下，随即有了主意，"你送我回家吧！我把你介绍给姑姑。"

秦平听完很开心，像得到一块免死金牌。

第四十一章/风帆之旅

姑姑看到秦平很是客气，那种客气像在冰窖内吃冰淇淋，冷得让人直打哆嗦。

"秦平的在校成绩可好了，年年拿奖学金呢！"我赶紧捧来一盆火救急。

"没什么，拿奖学金的人多了去，我不是最出色的。"

没料到男友的自谦给了姑姑可以钻空子的机会。

"宛宛我从小看到大，跟自己的亲闺女没两样，我希望她的另一半是最出色的。"

老天！这岂不是将人往死里整吗？

"呵呵！我自己也没多出色，人还是得有自知之明。话说回来，太出色的人恐怕也看不上我。"我出手相救。

姑姑随即对老余使了个眼色。

"宛宛，今晚吃虾，妳能帮我剥虾壳吗？"老余对我说。

这也太明显了吧？！

"我不太会剥虾壳哪！"我答。

姑姑睨了我一眼，要我跟老余进厨房学做菜，都已经23岁了，连个蛋炒饭也做不了。

这未免太夸张，别的不说，蛋炒饭我还是拿得出手的，只是……

看老余一脸震惊，我停止贫嘴，拉着他进厨房。

"虾在哪里？"我以高亢的声音问。

"在水槽里，宛宛，妳……"

"余叔叔，这虾好大啊！是今年以来我看过最大的虾，你在哪里买的？"

"在Coop买的，宛宛，妳……"

"哎呀！这虾壳要怎么剥？你赶紧教我呀！"

老余走过来拉我坐下。

"宛宛，我们谈谈。"他严肃地说。

哎！该来的还是躲不掉。

虽然老余的疑问也是我的疑问，我却下意识去否认。

"不可能的，你想多了，任何人看到我都说我和父母长得相像。再说，铁树都能开花，两个女人在同一时段里怀孕太正常不过了！"

也不知道老余是否被我说服，反正这件事被他搁下，他转问我和秦平有没有结婚计划？

"他父母打算拿到拆迁款就上门提亲，那笔拆迁款就当作首付，让我和秦平在北京买个房，然后……然后全家一起住。"

"全家？意思是和妳未来的公婆同住？"

"嗯！还有秦平的姐姐，她……小时候烧坏了脑子，智力相当于六岁孩童。"

老余长叹一声，我也陷入无尽的迷茫之中。

"那……我教妳剥虾壳吧！"他说，大概为了活络气氛。

实话说，为了免去剥壳的麻烦，我到现在还未吃过皮皮虾，经他这么一调教，我才发现剥壳原来如此简单，一根筷子就能搞定。

等我剥好虾壳再洗净手，秦平已经离开了。

"那孩子说有事得先走一步，晚点儿他会打给妳。"姑姑解释。

我问她跟秦平说了什么？

"我告诉他，妳是O-One未来的老板娘，还得替我养老送终，回国居住是不可能的了。如果愿意，他可以帮着一起撑起O-One，薪水不会低，但也只是这样，到头了。"

我知道秦平的豪情壮志跟鱼子酱没有半毛钱关系。

"今天余叔叔煮虾蒸蛋，虾壳是我剥的。"我转话题。

"真的？那么待会儿我尝尝。"姑姑答。

晚上十点，秦平打来电话，问我何时办"分手派对"？

"你别胡思乱想，姑姑不过是替你分析情势，与其旁敲侧击，倒不如一针见血。"

"她的确是弹无虚发啊！三两句话就让我意识到自己的卑微和不足，真要感谢她了。"

我要他别那么阴阳怪气，我不喜欢。

"那好，我不拐弯抹角，下礼拜三早上十点十分，我坐卡塔尔航空的飞机飞回北京。妳要嘛跟我走，要嘛我们就分了，看妳决定。"

"我……"

然后我听到嗑的一声，秦平又挂我电话。

好个没礼貌的家伙！

我在房间内来回踱步，心情混乱到了极点。

"嘟……嘟嘟嘟……"

哼！果然还是打来求和，看我理不理你！

就在响了第八声时，我接听了。

"妳在哪里？"Louis问。

"原来是你，"我很泄气，"我回姑姑家了，有什么事？"

他告诉我今天开完派对很失落，Floria很可爱，可惜了……

"你是不是反悔了？如果是，再开个'复合派对'得了。"

"没反悔，Floria是百分百女孩，但现在我遇上百分之两百的女孩，只好对不起她了。"

"百分之两百？这还是人吗？"

Louis笑岔了气，说我真幽默。

"好了，幽默的人现在累了想睡觉，你还是赶紧讲重点吧！"

于是他告诉我明天打算驾风帆找块风水宝地，问我要不要跟着一起去？

"你妈的骨灰还在？"我在记忆里搜寻，"不对，今天我没看到那个白色盒子。"

"我怕客人问起，所以提前把盒子移到我的房间。怎样，想和我一起去吗？我欢迎秦平加入。"

想到那个没礼貌的家伙，我不假思索便将他除名。

"那好，明天早上我去接妳，记得擦防晒油及带上一件薄外套。"他叮嘱。

“没问题，明天见！”我答。

“没问题，明天见！”我答。

第四十二章/打赌

Louis租的是小帆船，比单人帆板大了三倍，可以同时坐上四、五个人没问题。

"如果可以的话，我更钟意租大帆船，但大帆船需要主帆手和撩手配合才能及时升降风帆，妳恐怕不行。"他说。

其实我对帆船的大小没意见，能替Louis的母亲找到理想的归魂处才是最重要的。

我拿起望远镜四处搜寻。

"打个赌，再过半个小时，妳会全身湿透。"他又说。

此时艳阳高照，我不认为半小时内会下大雨。

"好，"我放下望远镜，"赌什么？"

"赌心事，谁输了，谁就得告诉对方自己的心事。"

"如果没心事呢？"

"算了吧！妳肯定有，我一眼就瞧出来了。"

是吗？我这么藏不住心里事？

"赌就赌，赌输了你可别反悔。"我说。

小帆船在蓝绿色的湖水上载浮载沉，沿岸小山环绕，郁郁葱葱的树林间屹立着一栋栋美丽的建筑物，有小巧可爱的木屋、尖塔入云的教堂、颇具年代的城堡……加上清澈的湖水及点缀其间的游船和飞禽，像极了世外桃源，直到……

"这是怎么回事？"我问。

眼前有一段木桥连接东西两岸，桥墩不高，换言之，我们的小帆船根本过不了。

"那是连接拉珀斯维尔和赫登之间的木桥，很壮观吧？！"Louis答。

"问题是我们要如何穿越？"

"不穿越，"他把船锚抛入湖中，然后把一个贴身防水包系在腰上，"妳该不会是旱鸭子吧？"

"当然不是，可是……"

我话还没说完，Louis已经噗通一声跳入湖中。

"喂！你干什么？"我喊。

他露出水面，答，"我上岸逛逛，妳来不来？"

我不过是踌躇了几秒钟，他竟然舍我而去。

"喂！等我呀！"

看他奋力游向左手边，完全不理会我。我急了，噗通一声也跳入湖中。

"该死！这水也太冷了吧？"我心想。

等我上了岸，Louis立马递上一杯热茶。

"你够狠的，把我一个人丢在船上。"我边抱怨边喝起茶水，这茶简直就是救命良药，我的全身顿时暖和起来。

Louis没有对自己的行为道歉，反而表示人生偶尔不按理出牌才酷。

讲到不按理出牌，那太容易了。

我把喝完的纸杯递还给他。

"干嘛？"他问。

"你去舀一杯湖水上来。"

说完，我将他推入湖中。

"宛宛，"他从水里冒出头来，"妳有病是不是？"

我笑得像个疯子，并且未雨绸缪地站在安全地点，还好Louis上岸后没有以牙还牙，否则这场游戏得没完没了地进行下去。

"这里是拉珀斯维尔，"他颇为大度地介绍，"素有'玫瑰之城'的雅号。"

玫瑰之城？我表示如果是月季之城就好了，玫瑰的香味太过浓烈，我不是很喜欢，我喜欢月季多一些，尤其是蓝色月季。

我看见Louis的脸色有异。

"你怎么了？"我问。

他用力眨一下眼睛，回答没什么。

没什么就是有什么，但我不知从何问起。

"我们到山上城堡逛一逛吧！估计下山时衣服也干了。"他说。

这倒是！我得感谢今天的天气炎热，否则回家准感冒。

通往山上城堡的台阶有两段，呈环抱状，中间有个小小的假山洞。拿欧洲众多的城堡来比，拉珀斯维尔的城堡显得很一般，若说有什么奇特之处，大概就是院子里的收集雨水装置吧！它犹如一把倒扣的透明伞，夏天可以遮阳，雨天则起到收集雨水的作用，非常环保。

我站上城墙，把四周的湖光水色都尽收眼底。

"宛宛，到这边来。"Louis向我招手。

我走过去往下一探，那些整整齐齐的几何状灌木分明是玫瑰园。

"太美了！"我赞叹。

"我们下去看看。"

"可以吗？"

"当然可以。"

于是我看到一朵朵争相怒放的花朵，美则美矣，但它们不全是玫瑰，当中也有月季和蔷薇。

Louis说我好眼力，西方人把玫瑰、月季和蔷薇都称为Rose。

原来如此。

下山后，就在靠近湖水的小径上竟然被我发现蓝色月季，那高兴不在话下。

"看，多漂亮！可是……"我停顿了一下，"这花是人工染色后的产物，怎么会在这里出现？"

"也许是某个思念母亲的人种下的。"他答。

某个思念母亲的人？我问该不会是他吧？！

Louis承认的确是他，并且做出解释："我母亲生前最爱蓝色月季，几天前我终于收到从荷兰订购的花，原本想着将母亲的骨灰和花一同抛入湖中，可惜地点迟迟未定，我又怕花谢，所以将它种在此处。没想到几天过去了，它依旧盛开着，更没想到的是还被妳发现，所有的凑巧都赶在一块儿了。"

"也许这是命中注定。"我喃喃道。

"是的，命中注定我们相遇，同时让我……遇见百分之两百的女人。"

"你……你是认真的？"

"没有任何时刻比现在更认真的了。"

因为太过震撼，我的脑子一片空白，最后问了一个奇怪的问题："为什么是我？"

Louis笑了，他说这个得问他妈。

"你妈？什么意思？"

"我妈曾说过我这个人太吹毛求疵，只有像璞玉一样的人才会入我眼，而妳正是那块璞玉，非常质朴。当妳男友出现时，我告诉自己得做点儿什么，否则会遗憾终身。"

Louis说的对，我没有那么多花花肠子，那是因为我的人生顺风顺水，除了选择一个凤凰男和父母的意见相左外，基本要风得风、要雨得雨，那又何必算计别人？

"你也知道我有男友了，他……他约我下星期三走。"

"妳的意思是……"

"我还没决定，他是个好人，我不想伤害他。"

"这就是妳的心事？"

我想起不久之前下的赌注，真是的，我竟然赌输了。

"不止这个，我还怀疑……怀疑姑姑及老余才是我的亲生父母。实话告诉你，我很害怕，害怕自己是个私生子，这挺不名誉的，同时也是一种欺骗，被最亲近的人欺骗，这种感觉很不好受。"

Louis说他能理解，但人太过精明未必全是好事，好比O-One的官司，Mr.and Mrs.Schneider原本就怀疑Brigitte出轨，如果这时我跳出来扰乱，无疑雪上加霜。

"你的意思是我得假装什么事都没发生？"

"我的意思是不管真相如何，妳是被呵护长大的，这个已经足够，该糊涂时还得装糊涂。"

我问这包不包括我对他的感觉？

"妳不装糊涂我也明白妳的心思，我不打没有胜算的战役。"

这人到底是怎么回事？未免也太自负了！

"抱歉，你输了，我对你没感觉。"我冷冷地说。

"那么再打个赌，我赌妳下星期三不会上飞机，同时在那之前妳会承认对我有特殊的感情。"

我沉默了，因为我的第六感告诉我这是个陷阱。

"妳不赌也行，沉默也算是一种态度。"

他的老神在在彻底激怒我了。

"好，赌就赌。如果我输了，我们正式交往；如果你输了，我也不要求什么，就把你那栋位于公墓旁的房子过户给我吧！"

Louis愣了一下（大概好奇我为什么会对一个破烂房子感兴趣），最终仍接受这个赌注。

第四十三章/百思不解

拉珀斯维尔的老城区不大，我们沿着弯弯曲曲的小巷前行，顺便欣赏两旁的民居，它们大多是中世纪时期的产物，由石头砌成，虽然老旧，但有美丽的花朵点缀，增添了几许浪漫。

"这是什么？"我指着地上的两朵红玫瑰，它们被崁在石板路上。

"那是城徽，不止石板路上有，如果妳留心观察，它会以一种出乎意的方式出现。"Louis答。

果然我在教堂的墙壁及某些建筑物的铁栅栏上都发现它的踪迹。

老实说，这两朵玫瑰的造型像是儿童的涂鸦作品，初看有点儿土气，但越看越顺眼。

"妳是不是想着倘若城徽是蓝色的该有多好？"Louis问。

"蓝色让人沉静，你不这么认为吗？不过我刚刚想的不是城徽，而是如果能够诞生在这样的小城，不曾见过外面的世界，一辈子就这么简简单单地度过，应该是件非常幸福且美好的事……"

炎炎夏日，大人小孩都涌向湖边尽情嬉戏，那欢乐的笑声适时掩盖我和Louis之间的沉默。

"我说错什么了吗？"我问。

"没有，妳什么都没说错，相反的，妳的话语触碰到我的內心深处。实话告诉妳，我也向往简单的生活，但身上背负的东西太多，我已经很久没有真正放松过。"

他的压力，我懂！

我默默走向附近的草坡，并且出其不意地躺了下来。

"妳这是干嘛？"他问。

"你也躺下，听风都说了些什么。"

他迟疑了一会儿，还是躺下。

我们就这么边闻着青草的芳香边仰望蓝天白云。

约莫十几分钟后，Louis问我风说了什么？

"风说云是动的，而且变幻莫测，刚刚还是一尾小金鱼，现在已经成了虎头鲨。"

"呵呵！我听到的不一样。"

"那么说来听听。"

"它说我已经迷恋上一个蓝色仙子，再也回不去了。"

这样的情话任谁听了都会小鹿乱撞。

"我饿了，哪里有吃的？"我说。

"原来仙子也会肚饿，"他坐起，"我知道哪里有吃的，玛格丽特披萨爱吃吗？"

～

姑姑知道我一整天都和Louis在一起，很是高兴。

"那孩子很有礼貌，不论学识和人品都无可挑剔。"姑姑说。

"没错，Louis挺好的，你俩很般配。"老余接棒。

我记得老余对Louis的第一印象并不好，给他取了个"高傲王子"的外号，怎么现在180度大转变？

老余答第一印象不好并不代表一切，第二印象还是有可能反转。

"第二印象？你们约了见面？"我问。

"没有，是在路上巧遇的，他主动跟我打招呼，还请我喝Rivella。"

Rivella是瑞士的国饮，喝起来酸甜可口。它的成分很特别，是用矿泉水、植物香精和乳清混合而成，又叫牛奶汽水。

"原来余叔叔被一瓶牛奶汽水给收买了，这未免也太便宜了吧？！"我笑说。

"哎呀！还真是，"老余作恼怒状，"下回得让他请吃大餐！"

我和姑姑听完大笑不已。

在笑声中，我不免有些感伤，和秦平来姑姑家做客的情况相比，Louis明显更受欢迎。

"宛宛，明天我打算到植物园走走，妳也一起来。"姑姑说。

明天？明天Louis约我再一次上船，因为我们彼此都认为把骨灰洒在拉珀斯维尔附近再合适不过，一来这里风景秀丽，游客也没那么多；二来湖面上没有会吃骨灰的天鹅；三来这是他向我表白的地方，有特殊意义。

姑姑见我面有难色，问我是不是有约会？

"嗯！"我点头。

"取消吧！他无法给妳妳要的幸福，还是就此打住。"

等姑姑知道我的约会对象不是秦平，而是Louis时，态度立马180度大转变。

"去吧！晚上不回来睡也是可以的。"她说。

我的老天！这是什么意思？我可不是花痴！

"姑姑，妳误会了，我和Louis有正经事要办，不是男女间的那种约会。"

"如果妳指的是和PTP签合同，那是后天，不是明天，别搞混了！"

什么？！这么快就签合同？与那个爪哇人见面好像是没多久以前的事。

姑姑答她后来又和对方通了几次电话，既然谈得投机，这事就没必要再拖下去，所以派我去签合同，而我方的律师代表便是Louis。

我再一次受惊吓，姑姑毫不掩饰对Louis的信赖和喜爱。他究竟施了什么魔法？我百思不得其解。

第四十四章/现形记

还是那艘小帆船。

当船在离木桥不到一百米处停下时，Louis说："就这里了。"

"等等。"我将身上的白衬衫和短裤都脱了，露出里面的三点式泳衣。

他问我想干嘛？我答等我一下。

说完，我噗通一声跳入湖中，背上则背着一个防水背包。

等我游回来，Louis问我干什么去了？

我没回答，边把背包递给他边用事先准备好的浴巾擦干身体。

他打开背包后，张口结舌的。

"我想你母亲会高兴收到花，尤其是蓝色月季。"我解释。

"谢谢！"他给了我一个拥抱，"太谢谢了。"

我把白衬衫和短裤都穿上后，Louis 问我这里可好？ 我又喊卡。

约莫几秒钟后，我答："这风是由西北往东南方向吹，所以我们要面向东南，否则骨灰会往我们身上扑。"

"妳真细心。行，就这么办！"

他把白色盒子打开，原来里面还有一个白色坛子，上面崁着一张照片。

该怎么说呢？ Louis 的母亲长着一副为人师表的脸孔，满严肃的。

Louis再次说我好眼力，他母亲的确曾是灌溉民族幼苗的园丁，辞职回归家庭后，有一阵子她挺不开心的，还是因为写作才又有了活力，直到去世前几天她还笔耕不辍。"

"你肯定很爱她。"我喃喃道。

"是的，她是我的好朋友，一直都是。"他哽咽了。

"那么……"

"就现在了。"

他打开骨灰坛子，往下倾斜，白色的骨灰便陆续漂浮在湖面上，越飘越远，像一条白色的丝带在蓝绿色（湖水的颜色）的画板上漫延开来，很干净、很纯洁、很梦幻。

倒完骨灰，我把蓝色月季交给他，他将花轻轻地放在水面上，让它随着骨灰飘向那未知的深处……

"我感觉身体内有个东西不见了。"他说。

我握住他的手，默默与他一起望向湖水的尽头。此时此刻，我俩的心靠得很近很近，近到让我有些意乱情迷。

是他吗？ 我生命中的白马王子。

～

原本以为Louis的情绪会影响工作，实际上我多虑了，和PTP的签约过程非常顺利，他既当翻译又确保合同条文没有坑，连那个爪哇人都说我雇了个精明的律师。

签完合同，Louis问我今天有什么计划？

"回去向姑姑交待，也许太阳下山前再到门店转转。"

"这样啊～"他迟疑了一下，"如果……检查一下店里的秤吧！"

秤？我问什么意思？

"上回买妳家的鱼子酱，Floria问起800克的鱼子酱花了多少钱？可是我明明买了一公斤。"

我一听，滋事体大，缺斤短两对任何商家的名誉都是致命的，不仅如此，吃上官司也是分分钟的事。

"谢谢你告诉我这个，我一定彻查，如果属实，肯定赔偿你的损失。"

"妳知道我在乎的不是赔偿。"

"必须的，在商言商。"

告别后，我快马加鞭赶往O-One。

这次Hans倒是在店內，看见我来，他调侃："老板娘查岗来了。"

"是的，"我将目光投向展示柜后的电子秤，"为什么秤摆那么远？近视眼的人恐怕看不清楚数字。"

"有钱人根本不在乎这个。"

"但我在乎，把秤摆在客人看得见的视力范围內。"

Hans点头称是，但行动上却没有马上跟进。

"今天卖了多少？"我接着问。

"今天还没结束呢！"

我答没结束也应该有销售记录，不是吗？

"明天给，今天太忙了。"

他嘴巴说忙，实际上店内空荡荡的，一位客人也无。

"明天给也行，"我决定不打草惊蛇，"是不是每一笔都会被记录下来。"

"当然。"

然后我找了个借口离开，到附近的取款机取钱。取完钱，我在取款机旁等了约莫五分钟才"他乡遇故知"。

"请问……会说德语吗？"我问。

那个有着华人长相的女子停下脚步，很戒备地看着我。

"是这样的，我想买点儿鱼子酱，但自己的德语不行，妳能帮我购买吗？"我说。

"我会说德语，那家店远吗？"

"不远，走过去不到一百米。"

我把她带到离O-One门口约五大步远的地方停下。

"就是那家，有深褐色大门的那一个，"我把写上鱼子酱名称的纸条及现金递给她，"就买这种鱼子酱，1000瑞郎。"

"妳不跟我进去吗？"她问。

我"适时"接了个电话，佯装很忙的样子，同时示意她进去购买。

几分钟后，她拿着一个精美纸袋走出来。

"买到了，125公克。"

白鲟鱼子酱125公克的确是1000瑞朗。

"谢谢！太感谢了，我请妳喝咖啡。"我说。

"不用，我赶着去见朋友。对了，下次妳可以自行购买，这家店有中文导购。"

"那么妳是找中文导购购买的？"

"他主动过来服务，另外两个洋女人好像看不见我似的。"

听完，我心如明镜。

"善心人士"离开后，我走向路口转角处的奶酪专卖店，买了200公克有着大孔的黄色奶酪（它让我联想起《猫和老鼠》动画片里的奶酪）后，我央求使用他家的秤。

当秤显示100公克时，我有种"破案了"的快感。

Hans呀Hans，你终于露出狐狸尾巴了！

第四十五章/不期而遇

下午两点半回到家，老余说姑姑还在睡午觉，问我吃了没？我回答没有，同时把大孔奶酪交给他。

"这种奶酪适合做成沙拉或奶酪火锅。"老余说。

我摇头，表示这两种都不合我当下的胃口。

"那么我把奶酪切成片，和火腿一起夹在饼干內，算是小食吧！妳看可以吗？"他问。

这个时间点不上不下的，吃小食很合适，于是我点头。

没两下工夫，老余就准备好了，另外还给了我一大杯鲜榨果汁。

我吃着"迟到了"的午餐，老余就在边上来回踱步。

"余叔叔，如果没事就请坐吧！你走来走去的，我看着心慌。"我说。

他随即坐了下来，过了几秒钟，他问我好不好吃？我答余叔叔做的当然好吃。

"我女儿也喜欢这么吃。"

这是老余第一次提起他的女儿。

"我听姑姑说她就读巴塞尔大学。"

"是的，学的是艺术史，"他深看我几眼，"她的身高跟妳差不多，眼睛和妳的一样大，只是肤色不同，她把自己晒成了古铜色，我还是觉得皮肤白点儿好看。"

亚洲人认为一白遮三丑，欧美人却认为小麦的肤色才是健康美。

"她几岁了？"我问。

"已经21了，管都管不住，挺叛逆的。"

我表示在国外长大的孩子都比较有个性，哪像我，没棱没角的。

"不，我觉得妳挺好的，"他停顿了一下，"宛宛，能帮余叔叔一个忙吗？"

"什么忙？你说。"

"我女儿Neela最近交了个男朋友，是个阿拉伯裔，可以娶四个老婆。我一听，夜不能眠，妳能跟她谈谈吗？她这个周末回苏黎世。"

我一听，这可棘手了，素昧平生，她未必听我的。

老余说也不是一定得怎么着，就是打听一下进展，如果只是玩玩，他就当没这回事。

"行，这周末我匀出时间来。"我很豪爽地答应了。

老余显得很开心，他问我晚餐想吃什么？我答炸酱面。

"没问题，家里刚好有小黄瓜。"他说。

吃完小食，姑姑还没睡醒，我回到房间內，突然改主意。

"还是先不告诉姑姑，等事情明朗后再报告吧！"我心想。

隔天，我上O-One查账去，发现事情比我想的还要严重，现在已经不是缺斤短两的问题，而是对不上账。

"昨天就只卖这些？"看完销售报告，我问。

"嗯！最近生意不好。鱼子酱的销售也分淡季和旺季，入秋后会好一些。"

我又上下检查一遍才问："白鳇鱼子酱好像不太受欢迎，昨天完全没有售出记录。"

他答白鳇鱼子酱的要价比较高，只有金字塔最顶端的人才会购买。

我清楚地记得昨天通过陌生人购买的是白鳇鱼子酱由Hans售出（后来被我送给了Louis和Cora，借以感谢两位律师的案牍劳形），可是售出记录上却完全空白。

"好，我知道了。"我仍按兵不动。

此时店里来了两位客人，Freja和Gaby忙着接待，我忽然想到"吃里扒外者"是否只有Hans一人？那两个洋女人有没有参与其中？

我还在思考，Hans将我拉回，问："顾小姐，昨天妳一交待，我就把秤的位置挪了，妳看还满意吧？"

"看到了，这是商家应该做的，诚信很重要。"

"是的，说的太对了，我虚心受教。"

很奇怪，Hans越臣服，我越感觉不对劲，就像暴风雨前的宁静，气压低得让人喘不过气来。

"明天是星期三。"他忽然提起。

"So?"

"妳男朋友明天走，Uber七点上门。"

我"噢"了一声，不再言语。

"小俩口吵架了？"他问。

"没有。"

"今晚我不回去，好让妳和男友重修旧好。"

"说了没有吵架，你不用……不用费心安排。"

其实我想回答不用假慈悲，但话终究没说出口。

我在店内又待了一个多小时，发现生意不若Hans所言那样冷清，心中的疑惑更加深了。

午餐时间，我悄悄走出店外。没踌躇多久，我决定找Louis商量去。

～

Louis一听说Hans的可疑行径，思考了很久，直到盘中的香煎小牛肝和烤土豆都吃完为止。

"这事不能打草惊蛇，得有充分证据才行，最好有视频佐证。另外，还得证明出货数量跟售出及存货之间的不符。"

"视频？店内没有监控设备，如果突然安装，Hans和潜在同伙恐怕会起疑。至于其他，我可以查到，没有问题。"

Louis又陷入沉思，这次直到甜品吃完他才开口。

"店内无法安装，那么店外装，假设购买的人数一天达到十人，而记录上是五人，这也是证据。"

我问如何看出实际购买人数？

他轻敲我的头，说："看购物纸袋呀！O-One总不致于给每个进店的客人都发送购物纸袋吧？！"

这真是醍醐灌顶，我怎么犯起迷糊来？

"那么店外要如何安装？"我继续不耻下问。

"这简单，买一个无线插卡监控摄像头，不用布线，直接安装在适当位置即可。"

听起来不难，但对我来说很难。

Louis看出我的窘态，提出可以帮忙安装。

"真的？我太高兴了。"

"不过我需要帮手帮我扶人字梯。"

那有什么难的？我毛遂自荐并且当下约了今晚九点见面，那个时间点刚刚好，三个嫌疑人应该不会在场，加上夏日昼长，晚上九点的苏黎世还亮晃晃的，方便安装。

Louis调侃我这下子又变聪明了，他不知道约在九点还有一个原因，那就是我不想给自己见男友一面的机会。

"我是聪明呀！只是偶尔……偶尔才会……"

"妳看什么？"Louis转过头去，"原来是秦平，要不要我去叫他进来？"

"不用，我出去。"说完，我起身。

第四十六章/牵手

"妳好像很开心。"秦平看着我，一脸寒霜。

"我应该不开心吗？"我反问。

他沉默一会儿后说他以为我会去找他，看样子他高估自己在我心目中的地位。

该怎么说呢？闹小脾气的是他，下最后通牒的人也是他，怎么我反倒被指责？

"我以为……以为彼此冷静一下会好些。"我嗫嗫地答。

"我已经足够冷静了，问题不在我身上，而是妳，妳已不再是妳，那个深爱我的人哪里去了？"

他接着提到我们过往的点滴，包括第一次见面的场景以及曾有过的甜蜜。

"妳忘了吗？"他问。

"我没忘，但……横在我们中间尚有一些问题待解决，我还没做好……做好当……当秦家媳妇儿的心理准备。"

"是他吗？"他望向餐厅，"是那个和妳一起吃饭的人让妳动摇了？"

我回答不是。

"如果我猜得没错，这几天妳都和他在一起。"

自从秦平扬言若不跟他一起回国就分手，我的确天天和Louis在一起。第一天找洒骨灰的地点；第二天洒骨灰；第三天和PTP签约；第四天（也就是今天）为了Hans的可疑行径找Louis商量。瞧！每一次见面都是为公不为私。

听完我的解释，秦平的不悦稍有缓和。

"可能我误会了，现在……妳能不能陪陪我？明天一早我就要上飞机了。"

男友没提分手的事，我也装傻。

"好，我陪你逛逛。好不容易出国一趟，总得给家人和朋友带点儿什么，不是吗？"我说。

"也对，还是妳想得周到。"

离去前，我特意别过头，餐厅内的服务员正在清理我坐过的桌面，Louis已不见踪影。

～

我带男友来到Jelmoli，这是一家大型的购物商场，里面的东西很齐全，应有尽有，但……

"算了吧！这里没有我要的东西。"秦平斩钉截铁地说。

知道男友囊中羞涩，我提出由我买点儿东西送给他的家人。

"不需要，他们用不着这些。"

我不知道别人的男友怎么样，反正我的男友对钱很敏感，也很较真，仿佛多用我的钱会让他颜面扫地似的。

"那你说怎么办？这里连巧克力都贵得要命，论克卖。"

"那是手工做的，当然贵，如果选工厂机器制造的应该没那么贵。"

结果他在超市买了两盒在国内也能买到的三角巧克力，还有两瓶4欧元的小瓶装红酒。

"就这样？朋友呢？你不送？"我问。

"这次我来瑞士，朋友完全不知情，省去送手信的麻烦。"

想起每次出国我都得拎着大包小包回国，这差距不止一星半点。

知道男友节俭的个性，晚餐时间我不假思索便带他到商场的地下一层吃大食代，没想到我认为最不会出差错的反而引发冲突。

"25欧元还嫌贵？你到底想怎样？"我气呼呼地问。

"盖浇饭不值那么多，这钱能在国内吃一顿欧式自助餐没问题。"

原谅我来到苏黎世还不到两个月的时间，真不知道哪里能吃到便宜点儿的东西，这里连麦当劳套餐都要二十多瑞郎。

我闷不吭声地离开地下一层，然后一层一层地逛上去，最后被江诗丹顿橱窗里的一只手表给吸引住。它的造型非常简约，没有钻石点缀，但因底盘是珍珠母贝材质，在灯光的照射下闪烁着不同的色彩，很是漂亮！

"我喜欢这只表。"我说。

"没标价钱的肯定贵。"

听秦平又谈起钱，我的心底冒起无名火，直接进店要了橱窗里的那只表。刷卡时，秦平的脸臭得老远都闻得到。

走出店外，他还是没忍住，告诉我一个人一天有24小时，用一只两万五瑞郎的手表并不会让我比别人多出更多的时间。

"你错了，应该是更少，因为我还得花时间去找名表。听着，你若再啰嗦个没完，我就再买一只。喏！前面就是劳力士，新上市的女表带钻……"

秦平气炸了，他说没想到我这么俗不可耐，非得名牌加身才能显示自己的高贵，怎么以前没看出来？

老实说，刷两万五时我也曾犹豫过，自己已经有好几只价值不菲的表，没必要再买。至于买劳力士………那也只是说说而已（主要是气一气秦平），但他直接定我罪，把我归为物质女，这多少不公，我不是那样的人。

"我就是这样的人，你还感兴趣吗？"我问，心里很忐忑。

"我不知道，"他推一推他的黑框眼镜，"妳太贵了，我恐怕负担不起。"

~

"妳太贵了，我恐怕负担不起。"这句话一直萦绕在我耳边。

我走了好几个路口还是浑浑噩噩，而那个"弃买"的人已经找了个借口离开。

按下十字路口的红绿灯按钮后，我听到有人唤我，遂转过头去，看见Louis，我很讶異。

"怎么是你？"

"我去借梯子，没想到在这儿遇见妳，秦平呢？"

哎呀！我差点儿忘了那个九点之约。

"秦平回去打包了，因为得赶明天一早的飞机。"我答。

"原来如此，难怪妳很难过的样子。"

是吗？我这么藏不住心里事？

"实话告诉你，我难过不是为了这个，而是自己刚被甩，因为我太贵，秦平负担不起。"

"妳是很昂贵呀！像天上的星辰一样稀缺。"他摸摸我的头，"别难过，这世上总有付得起的人。"

虽然是安慰的话，但我的心还是被撩拨了一下。

此时绿灯亮起，行人鱼贯通行。Louis的右手扶着右肩上架着的梯子，左手却牵起我的手，而我……没有拒绝。

第四十七章/马丁太太的生日派对

"好了，"Louis 从梯子上下来，"我选的是小号的摄像头，不仔细看是看不出来的。"

我以为他会把摄像头安在墙上，结果却是行道树上，如此一来是隐秘了，但市政府整治市容环境时肯定会发现，瞒不住人的。

Louis说我又犯傻了，这个机子自带电源，虽然省去布线的麻烦，但电量顶多只能支撑一个星期。换言之，我们不过是搜证，只要拿到证据就取下，要不了一个星期。

"那么你会来卸机子吧？"我不确定地一问。

"当然，送佛送上天嘛！"他靠近我，"除非妳不要我来。"

"我……你来。"

然后他低头给我一个吻，轻轻的，像蜻蜓点水，又像风拂过。

"妳为什么没拒绝？"他问。

"因为太突然，所以来不及拒绝。"

“那么我慢慢来，妳可以说不。”

这一次他吻得久一些，还把舌头伸进来。如他所言，我有好几次推开他的机会，甚至给他一巴掌，但我没有。

“妳为什么还是不拒绝？”他又问。

“不知道，也许我不懂得拒绝。”

话一答完，我的手机响了，是秦平。

“我查过，明天早上十点十分飞北京的卡塔尔航空还有机位，妳来得及……”他说。

“不，我留在苏黎世。”

“宛宛，妳……”

“你说对了，我太贵，你负担不起，但我相信这世上还有付得起的人。”

“这个人是谁？”

我没回答就挂断。

Louis问我方才是不是秦平的来电？我答是。

“妳拒绝他了？”他又问。

“……嗯！”

“所以妳不是不懂拒绝，而是……”

“你就非得在我失恋的时候落井下石不可吗？”

他的嘴角露出谜一样的微笑，转身开始收拾东西。

我问他接下来想干嘛？

“还梯子，妳来吗？”

～

还完梯子，他载我回姑姑家，由于车辆只能在公寓前暂停三分钟，我很快跟他道别。

"等等，"他叫住我，"妳是个守信的人吗？"

"我？当然。"

"记得我们的赌注吗？如果妳输了，我们交往。"

我想起那个赌注，显然明天我不会上机，但说到我对他有特殊的感情……

"能不能给我多一些时间捋一捋？"我问。

"没问题。"说完，他向我挥手告别。

看着那辆三百万美元的老爷车渐行渐远，我突然有了疑问：**这车该不会是他的吧？如果真的是，那么公墓旁的房子又是怎么回事？**

~

这真是奇怪的感觉，刚结束一段四年的感情，我的"如释重负"竟然大过感伤，可见过去我有多么委屈求全。

洗完澡，我到厨房找水喝，一转身，差点儿被嘴巴内还没吞下的水给呛到。

"余……余叔叔，你……你怎么在这里？"

"我……"他有些窘迫，"妳姑姑……需要打胰岛素。"

由于病情，姑姑睡前需要打胰岛素，难道她现在才入睡？就算是，那么老余身上的睡衣做何解释？这公寓只有两间房，而且眼睒客厅沙发也没有睡过的痕迹。

"你……是不是和姑姑……"

"我们……两情相悦。"

真不知该用"噩耗"还是"惊喜"来形容，虽然我一直认为他俩有非一般的雇佣关系。

"你女儿知道吗？"我突然想起。

"知道，这不是找了个阿拉伯裔男友来气我吗？"

原来如此！

"余叔叔，我回房了，你……你也早点儿休息。"

隔天进店前，我特意望向那株行道树，还好"东西"尚在。

进到店内，两个洋店员向我道早安，我也回复：" Guten Morgen."

至于Hans……他答完"顾小姐早上好"后，又低下头打字，好像很忙的样子。

我问他在忙什么？

"我在回复马丁太太的邮件。"

"马丁太太？"我侧头想了想，"好像在哪里听过。"

Hans停止打字，一脸诧异地问我是不是在开玩笑？下周末就是马丁太太的六十岁大寿，鱼子酱派对的预算也已经从二十万欧元升至三十万欧元，另外还付了十万欧元的筹办费用，怎么我好像失忆了？

"我依稀记得两个月前你曾提起过，但后来没人再谈这件事，我以为因故取消了。"

Hans一听炸开了，声明这个锅他不背，因为他已经前后发了三封邮件给我。

"三封？不可能的，我一封也没收到。"

Hans又低头打字，然后把电脑递给我看。我看到他的确发出三封邮件，但邮箱地址不是我的，少了一个字母。

他耸耸肩表示这不是他的过失，谁让我犯了低级错误？

我有重复检查发送信息的习惯，说我犯了低级错误，这绝不可能！但现在不是讨论对错的时候，而是解决问题要紧。

"你现在能重发那三封邮件给我吗？"我说。

"没问题。"他答。

我赶紧坐了下来。

第四十八章/拉图尔酒庄

根据邮件，鱼子酱生日派对定于下星期六中午举行，地点没变，依然选在巴黎近郊的葡萄酒庄园，美酒配鱼子酱，再合适不过！

"参加的宾客总共几位？"我问Hans。

他答33位，马丁太太给了他电子邮箱地址。

"不，这不够慎重，我现在就去买卡片，你负责要到宾客的家庭住址，同时联系DHL，今天务必把所有的卡片全寄出。"

说完，我拿起包走出店外。

～

在国内买卡片是轻而易举的事，但在苏黎世，我像只无头苍蝇在大街小巷乱飞，可惜仍遍寻不着那个小玩意儿，真要急死人！

本来想打电话询问Hans，怕被他奚落，所以没打。就这么凑巧，当我走到街道转角处，突然发现一家花店。

"花店肯定卖卡片，不然送花人要如何表明身份及心意？"我心想。

于是我走进花店，发现不大的营业面积经营着干花、鲜花、盆花、仿真花……

"Guten Morgen."我说。

柜台前的年轻女孩回复早安后，低下头继续忙活，她正将鲜花编织成花环。

我四处张望，一支玫瑰2瑞郎，一支百合5瑞郎，和我在洛桑 Beauté Palace 酒店所看到的昂贵花卉不一样，可说是经济实惠。

我挑了十几朵雏菊，白花黄蕊，很是清新。

店员放下手中的活，将我要的花放在白报纸上卷成一束。

"40 CHF."她说。

我表示还要一张卡片，她弯腰到柜台下取，那是一张印有小麋鹿的卡片，可爱是可爱，但离我要的效果尚有一段距离。

大概读出我眼中流露的失望，店员又弯腰取了几张不同的，当我看到一张白底，中心位置有一支长茎红玫瑰的卡片时，心里喀噔了一下，想当初 Hans 送给马丁太太的不正是红玫瑰？

"I want this."我指指红玫瑰卡片。

"2 CHF."她答。

我给了她106 CHF，声明要33张。

她有些诧异地表示店里只有十来张，全给我，如果还想要多点儿，我可以到另外一家花店碰碰运气。

拿着该店员手绘的简易地图，我很快就找到那家花店，运气不错，让我把想要的卡片全买齐了。

我把写卡片的工作交给Freja和Gaby，自己则和Hans待在柜台前待命。

下午两点多，店內没有客人，我买的小雏菊被装在宽口玻璃瓶里，隔那么远，我还能闻到花香。

"妳男朋友走了，这几天看起来挺不如意的样子。"Hans说。

"我不想讨论这个，"我穿起防卫的盔甲，"针对马丁太太的生日派对，你有什么建议？"

"我不想讨论这个，Brigitte说这是妳的工作，如果哪天她改主意了，我很乐意提供自己的浅见。"

听完，我为之气结。

"你说的对，这是我的工作，你已经把马丁太太的邮件转发给我，做了一切你能做的事，是该功成身退的时候了。"

"功成身退？什么意思？"

该死！我竟然把潜在意识给说了出来，这下子岂不是打草惊蛇？

"就是……我会自己想办法解决的意思。"

"如果妳以为Louis能帮到妳，那就错了，首先他不在受邀名单内，其次当天他有个会议要参加。妳倒不如问问Neela，她的语言没问题，学的是艺术类，也许可以帮上忙。"

我一时抓不着北，Hans如何知道Louis没空？还有，他怎么就认识老余的女儿？

那个老谋深算的人表示说开了就没意思了，还是留个悬念比较好玩。

他觉得好玩，我可不，整件事让我惶恐不安。

"既然……我回去好好筹划一下派对活动，你别忘了下班前把卡片寄出。"说完，我离开O-One。

~

我没有回姑姑家，而是一直走到苏黎世湖畔，那里有供游人休憩的木条长椅。我坐了下来，放眼望去，天鹅戏水、海鸟飞翔，不远处还停泊着几艘小船，耳中不时传来各种大自然的声音……

在这么一片祥和景象中，我却在想烦人的事。

"三十万瑞郎的订单，马丁太太要我们看着办，但也不能全花在鱼子酱上，食物、美酒、软饮、蛋糕、环境布置……样样都要花钱。对了，总得有人引领泊车，一下子来三十多辆车，车位够不够？还有，我的德语及法语都不行，难不成还得请翻译？眼瞅着只剩下八天，我该如何是好？"

我边想边觉得这事离不开Hans，一有这想法，我就恨自己不够强大，因为事事都仰赖这个男人，我和姑姑才会被他吃得死死的，哪天才能自立呢？

想来想去，也没想到什么实质性的办法，倒是提醒我得上拉图尔酒庄一趟，不实地考察一下，等于闭门造车。

"嘟……嘟嘟……"是Louis的来电，他问我在哪里？

我告诉他，我正在欣赏苏黎世湖的美景，顺便想想开派对的事，然后把整件事概述了一遍。

"原来是马丁太太开派对，六十岁是大生日，得好好庆祝一下。"他说。

"是呀！总不能毁在我手里。不瞒你说，我现在很头痛，从苏黎世到拉图尔有一段距离，但如果没亲眼目睹派对场地，我如何筹划？加上自己的法语不行，我连表达来意都做不到。"

"我还以为是什么大事，妳等着，我这就开车过去接妳，我们即刻出发。"

半小时后，Louis驾驶的老爷车已经上了D66号公路，我们正风尘仆仆地赶往拉图尔酒庄。

第四十九章/可露蕾蛋糕

法国有五大著名酒庄，所产的葡萄酒列为一级精品，它们分别为拉斐、木桐、拉图尔、玛歌、侯伯王。

"拉图尔酒庄坐落在波雅克村南部的碎石河岸上，毗邻吉伦特河。多年来，法国流传着这么一句谚语—只有能看得到吉伦特河的葡萄才能酿出好酒。"Louis介绍。

我告诉他，我的红酒知识很浅薄，他说的我还是第一次听到。

"再怎么浅薄，妳也应该看过一头狮子雄踞城堡上方的Logo吧？！"

"原来是那个，我的确看过也喝过，该怎么说呢……那酒散发着黑醋栗、黑莓和紫罗兰的水果风味，还夹杂着烟熏、甜雪松和香料的气息，酸度刚好，给味蕾带来一种极致的享受。"

Louis特意看了我一眼，表情很复杂。

"怎么了？"我问。

"妳这叫知识浅薄？简直是大师在做点评。"

我一笑置之。

车子开了很久，我们中途休息了几次，终于在午夜前抵达波尔多。

"今晚我们就在波尔多过夜吧！明天一早往北开一个小时就能抵达拉图尔酒庄。"Louis说。

"好的。"

我以为我们会去一个挺一般的酒店，毕竟只是睡个觉而已，明天一早还有正经事要办，结果Louis把车开向一个宛如城堡的酒店。

当他拿着一张房卡离开柜台，我忍不住问："为什么一张？我的呢？"

"妳跟我一起睡。"

什么？！我呆若木鸡。

"妳进来吗？"他在电梯内问，"如果不，我和服务员上去了。"

考虑三秒钟，我还是在电梯门合上之前跨了进去。

电梯在第五层停下，服务员引领我们走向走廊尽头的那一间。

Louis给完小费，那人面无表情地走了。

"法国人好像不懂得感恩，什么行李都不用提就有小费可拿，还一副扑克牌老K脸！"

也难怪我抱怨，时间紧迫，我们任性的什么东西都没带就上路，那个服务员大概第一次遇上没带行李的游客吧？！

"已经凌晨一点，妳这个小怨妇可以歇一歇了。喏！床有两个，妳要哪一个？"

我指向靠窗的那一个。

"那好，我们各自刷完牙就上床。"

Louis说到做到。

我不一样，没洗澡就上床感觉浑身不自在，于是我洗了个香喷喷的澡，用的是酒店提供的意大利品牌Lorenzo Villoresi，味道很东方，近似迷迭香或麝香。

由于没带换洗衣服，洗完澡我用浴袍裹身。

走出浴室，我才发现Louis竟然裸睡（他的衣服被整齐地摆放在衣柜抽屉內，以致我得另外找个地方安置我换下来的衣服）。

躺下后，我让Lorenzo Villoresi的香气伴我入眠，当然，还有Louis那微弱又有规律的打鼾声。

隔天是个晴朗的好天气，吃完早餐，我们驱车前往拉图尔酒庄。约莫一个小时后，我看到一个圆柱型的白色建筑，右侧不远处还有一栋米黄色的巴洛克式豪宅。

"这里曾建有城堡，能俯瞰吉伦特河口，战略位置相当重要，可惜在英法百年战争时付之一炬，妳现在看到的圆柱型白色建筑是17世纪兴建的信鸽楼。"Louis介绍。

显然派对无法在信鸽楼里举行（太狭小了），那么就是隔壁那栋豪宅啰！

然而我错了，车子越过豪宅驶向它身后的大平层。

"这是哪里？"我问。

"酒庄接待处。"

下了车，我发现四周围虽是一望无际的葡萄园，但停车位绝对充足，连泊车小弟都不需要。

"里面有开派对的地方吗？够不够大？装得下所有宾客吗？"我又问。

Louis答这个问题得问接待员，他也不清楚。

接待员一听说我们为了马丁太太的生日派对而来，非常热情，把法语说得飞快。

"她说马丁太太是酒庄庄主的老朋友，餐厅已被包下，如果需要，我们可以跟这里的米其林三星主厨谈一谈。"Louis接下翻译的工作。

"米其林三星？这得多贵呀！"我小声地说。

"只是谈谈，不合适就吹了，何难之有？"

说的也是。

我们跟随在接待员身后，大概职业病使然，她不忘先带我们参观酒厂及酒窖，又普及了一些红酒知识，最后才停在一个能够容纳百人的餐厅。这个餐厅由于只有一面采光，室内难免有些阴暗，所以天花板垂挂了无数个小灯泡，像银河一样璀璨。

主厨随后出现，我们在长条桌上坐下。会谈的时间很冗长，简言之，在O-One"小有赚头"的情况下，我们达成了协议，由主厨推出八道鱼子酱创意餐点（鱼子酱当然由O-One提供），酒也决定好了，餐前是甜白与干白，席间是干红及滴金庄。

步出酒庄，我松了一口气。

"嘘～终于解决最困难的部分。"

"不，最困难的还没解决，譬如重头戏生日蛋糕。"

对呀！怎么忘了这个？

"我们进去让主厨把这个也包了。"我说。

"妳知道米其林餐点的特色是什么吗？就是精致但吃不饱。如果连最后的蛋糕也是两口吃完，妳让宾客怎么想？难不成饿着肚子离开？"

我问这下该怎么办?

Louis要我别担心，昨晚住宿的波尔多以Cannele（可露蕾蛋糕）闻名。这款宫廷蛋糕是在烤到酥脆的派皮上抹上一层薄薄的巧克力和吉士酱，內里是橙子味奶油、开心果果酱和黄油，表面则撒满杏仁、花生、核桃等干果……

听得我的嘴里开始冒酸水，这得多甜呀！话说回来，欧洲人就爱吃甜到极致的甜品，我猜想可露蕾蛋糕应该会大受欢迎。

"好，就订这个，你知道哪家做得好吗？"

"当然，我带妳去！"他答。

第五十章/Neela

姑姑问我考察的结果如何？我答一切都在掌握之中，不用担心。

"把事情交给宛宛就对了，妳呀！就是瞎操心。"老余说。

"我能不操心吗？时间已经所剩不多了。"

姑姑一答完，整个气氛变了。

"时间所剩不多是什么意思？"我问。

"哎呀！妳姑姑的意思是派对在下周末举行，时间上迫在眉睫。"

老余一解释完，姑姑马上鹦鹉学舌，把话给复述一遍。

我感觉怪异极了，虽然这个说法也说得通，没什么不对。

吃完晚饭，老余载姑姑去听歌剧，今晚的曲目是兴德米特的《画家苟蒂斯》。

其实姑姑也邀了我，被我给婉拒了。听不懂是一回事，最主要是我害怕和那两个旧情复燃的人坐在一起，这实在太别扭了！

回到房内没多久，我接到一个陌生号码打来的电话，在接与不接之间犹豫了一下，我还是接听了。

"这是Neela，妳是宛宛吗？"

和想象中不一样，老余女儿的声音听起来很低沉。

"是的，我听余叔叔提起过妳，妳好吗？"

"很好，明天我们能见个面吗？"

虽然我有很多事情要忙，但答应余叔叔的事还是得办到。

"可以，地点由妳决定。"我说。

没想到Neela约我在苏黎世联邦理工学院见面，我告诉老余，他主动提出要送我过去。

"宛宛呀！我女儿Neela人不坏，就是刀子嘴，如果待会儿见面她又胡言乱语，看在余叔叔的面子上，妳别和她计较哈！"

"昨晚我已经和她通过电话，还行，没发生不愉快，所以请放心！"

"那就好，我……我等妳的回复。"

老余的女儿找了个阿拉伯裔男友，让他很头疼，所以拜托我去探一探口风。若不是不好拒绝长辈的请托，打死我也不干这种"间谍活动"。

苏黎世联邦理工学院离姑姑家很近，不过五分钟车程。

"这就是ETH主楼，站在圆拱门前的那位正是小女。"他说。

原来那个留着一头长发的女人就是Neela。

和老余告别后，我迳自走向她。

"想必妳就是宛宛。"她说。

"是的。"

"跟我来！"

我跟随她进入大学主楼，里面是挑高的回廊设计，两旁的墙壁上有基督教题材的雕刻。主楼后是增建的部分，有之字形楼梯，我们没上楼也没下楼，而是走向后门，原来门后有个大平台。

"这里可以俯瞰整个老城区，是最佳的观景地点，妳没来过吧？"

"的确没来过，若不是有人带路，我恐怕发现不了这么个好地方。"

她接着告诉我这所大学是诺贝尔奖得主的摇篮，爱因斯坦便是其一，被誉为欧陆第一名校。

"看来妳对这所大学很熟。"我说。

"我的第二个男友就读这里，妳说能不熟吗？"

Neela 主动提起她的前任，这让我想起今日使命。

"妳的现任呢？他也是这所大学的学生？"我问。

"没有现任，我已经单身快半年了，"她停顿了一下，"我知道我爸派妳来刺探军情，实话告诉妳，我就是为了气他才编造这么个谎言。他既然能跟寡妇搞在一起，我为什么不能找个阿拉信奉者？如果他继续一意孤行，再荒唐的事我也干得出来！"

Neela称姑姑寡妇，虽然是实情，但听起来很刺耳。

"余叔叔和我姑姑很久以前就认识，早于妳母亲。"我解释。

她冷哼一声："若不是妳姑姑，我妈就不会赔上自己后半生的幸福。"

我不清楚那三人的爱恨纠葛，但显然余叔叔娶了别人，心却还系在姑姑身上，这让我多少不那么反对他俩在一起。

"有一天当妳遇上对的人，也许就能放下心中的不平与怨恨。"

"不可能的！我会把我父亲抓回来，妳也看好妳姑姑，我们联手合作，他们不可能如愿。"

我怀疑老余和姑姑是我的亲生父母，如果属实，我如何能拆散他们？

"抱歉！我不介入。"

Neela很失望，但没有说难听的话。

我借机观察她的五官，除了肤色，我俩还真有点儿相像，这让我的怀疑更加深了（她该不会是我的同父异母妹妹吧？）

"我脸上有东西吗？不然妳怎么直盯着我瞧？"她问。

"不好意思，"我将目光移开，"话说得差不多了，咱们就此告别吧！"

"等等，O-One是不是在找临时工？反正大学十月才开课，我想找个事做做。"

她的问话让我起疑。

"是不是Hans说了什么？"我问。

"谁是Hans？我是听我爸说的，他说也许妳需要一名翻译。"

我的确需要翻译人员，尤其Louis已表明当天没办法帮我的情况下。

"这样吧！我们找个咖啡馆坐下来详谈。"我说。

"没问题，我知道附近有一家很棒的店，他家的闪电泡芙好吃极了。"她答。

第五十一章/意外的客人

Neela强力推荐闪电泡芙，为了不拂她的意，我要了一个，结果她却点了甜虾塔。

"闪电泡芙我吃过好几回，这次换别的尝尝。"她解释。

还好泡芙的确好吃，环境也优雅，我很快排除不快，与她进入正题。

"那多无聊！哪里不能吃吃喝喝？非得跑到乡下去？"

面对Neela的快人快语，我有点儿赶不上她的节奏。

"生日派对不都是这样？"我问。

"妳的想法太陈旧了，一点儿新意也无，宾客完全没被惊艳到，这是很失败的设计。"

我第一次筹备派对，难免有不周到之处，但被人这么全盘否定还是挺难受的，防卫之心也油然而生。

"寿星是六十岁大寿，太前卫的方式她恐怕接受不了。"我说。

"妳错了，那个年纪的人就怕不受关注，给她来点儿不一样的，她才容易记住，听我的准没错。"

不一样？何谓不一样？"

她答譬如音乐，通常请的是三重奏或四重奏，我们来个不一样的，好比法国的传统乐器手摇风琴。其他还有魔术表演及木偶腹语剧的演出，最后再来一个让寿星永生难忘的惊喜，那就完美了。

我承认她的主意比我原先的构想要有趣得多，可是……

"要上哪儿找这些表演者？我一点儿概念也无。"我说。

"黄页上有，网上也会有，如果妳看不懂法文，我乐于效劳。另外，我有一票很会活络气氛的朋友，有他们在，绝对能把场子炒热。"

"那好，翻译和娱乐活动就交给妳，实报实销。派对当天，妳和伙伴们的时薪是五十瑞郎，包交通费，另外我还会根据效果给小费。"

"一言为定！"

～

这几天我陆续收到账单，因为那些出席的表演者需要预付费。

"逢周末会比较贵，加上地点偏，还得补贴交通费。"Neela解释。

"我无异议，倒是有一张账单出奇的高，这是……"

"记得我说过的惊喜吗？"

我问怎样的惊喜要价八百欧元？

"如果说了就不算惊喜了，还是保持一点儿神秘感吧！"

由于她自信满满，我虽有些不安，但日子只剩下两天，也只能信任她了。

$$\sim$$

"派对筹备得如何？"Louis打来电话。

"还好老余的女儿帮忙，看样子应该没问题。"

"很抱歉我有会议要开。"

"你忙你的，没事。对了，Hans怎么会知道你这周末没空？"

他停顿了一下，给了个不确定的答案。

"这么说Hans猜想Caesar Chance 律师事务所会派人参加这个国际性会议，看来也没什么神秘之处。"我喃喃道。

"应该是，我没告诉他这个。"

我们又谈了些琐事才Say Goodbye 。

电话一挂断，手机铃声又响起，是母亲的来电，她告诉我今天秦平的父母上门了，哭哭啼啼的。

"为什么？难道……难道秦平出事了？"

"这么大的人能出什么事？无非使的苦肉计。现在他父母承诺拿拆迁款买婚房，他们会另外租房住，不会影响妳和秦平这个小家。"

其实我和秦平的问题不止房子，还有价值观和金钱观的不同。如果没遇上Louis，我恐怕不会知道原来生活也可以如此轻松……

母亲忙敲边鼓，她说Louis不错，如果是这个孩子，她和父亲不反对。

"你们也知道他？"我问。

"当然，妳姑姑已经告诉我们了。听说他的家世不错，工作也体面，配妳正好。"

挂上电话，我才发现自己对Louis其实所知不多。是的，他的朋友圈非富即贵，在苏黎世有个价格不菲的住所（搞不清楚是租来的还是买来的），朋友很豪气地"借"了他一辆价值三百万美元的古董车，在伦敦他还有个靠近公墓的家。除此之外，这人用钱大方，举止自带傲气，有个前程远大但目前收入不丰的工作……

老实说，我对他的认识不会多于他的同事，这么一个颇为神秘的男人却赢得姑姑和父母的信任，真是费解呀！

～

早上11点，拉图尔酒庄陆续迎来参加派对的人，从停泊的车辆看来，寿星马丁太太的朋友们个个身价不凡。

" Nice dress, Mrs.Martin." 我说。

这是真的，马丁太太今天穿着一件别致的香槟色晚礼服，V领设计，蝴蝶袖，高腰伞裙，布面上还点缀繁星点点，很是高雅。

" Merci. $#@&……"

Merci是谢谢的意思，后面我就听不懂了。还好老太太忙着应付她的亲朋好友，对我的傻笑毫不在意。

若要我点评，目前为止一切顺利。我们请来的乐手很尽责地摇着手风琴，身上的古装很抢眼。还有，Neela 和她的伙伴们都非常卖力地炒热场面，尤其特别照顾落单的客人。看大家都笑颜逐开，我紧张的心情总算松懈下来，直到……

"你怎么来了？"我问。

"我怎么不能来？"他扬了扬手中的邀请卡，"我是马丁太太的客人。"

没想到马丁太太竟然会邀请仅有数面之缘的 Hans。

"那么请跟着我入座，宴席马上开始了。"说完，我在前面引路。

第五十二章/约定

我们为派对提供了多款高品质的鱼子酱，包括一公斤能卖到十万瑞郎的新产品—加入牛蛙蛙卵的"XL鱼子酱"。

虽然米其林三星主厨没令人失望，很巧妙地利用鱼子酱的特点，推出了一系列让人啧啧称奇的料理，但席间还是发生了一点儿小事故（由于魔术及木偶腹语剧被安排在鱼子酱奶酪饼及鱼子酱寿司之后推出，惹来主厨抱怨，因为破坏了他出菜的节奏）。也不知Neela后来是如何沟通的，反正最后还是按照预定的计划进行，并且在两个小时后进入节目的最后一个环节，当餐厅服务员推来小车时，气氛达到最高潮。

传统的可露蕾蛋糕只有巴掌大，如今被点心师傅制成三层大蛋糕，最上层还放了一个胖胖的糖制小人，一看就是以寿星为原型。（我为自己的点子感到自豪，这个创意挺俏皮可爱的，不是吗？）

我正得意洋洋，冷不防从户外走进来一位"牛仔"，当音乐响起，他就地跳起了踢踏舞。

"原来这就是Neela所说的惊喜。"我心想。

然而接下来的场面却越来越不对劲，舞者竟然开始脱衣服，观众纷纷窃窃私语。我极目寻找Neela的身影却无所获，等我的目光重新回到场上，那人已经脱得只剩下丁字裤。

我的老天！这如何是好？

让人瞠目结舌的尚不止此，那名舞者在众目睽睽之下靠近寿星，不仅身体接触，脸部表情还很销魂，跟看低俗的A片没两样，我恨不得挖个地洞钻进去……

就这么凑巧，此时让我发现了"始作俑者"，我硬拉着她往外走去。

"妳搞什么？这么正式的场合叫来脱衣舞男，妳想害死我是不？"我火冒三丈。

"怎么就害死妳了？妳没看到大家都很兴奋，尤其是寿星，那样子像是中了头彩……"

虽然马丁太太没喊停，但不表示她接受"伤风败俗"的安排。

"一个好好的生日派对就这么被不三不四的表演给破坏掉，我……我气炸了！"

"听着，妳想作茧自缚，请便，我不奉陪。"Neela说完转身入内，留我一人在原地干瞪眼。

这是什么跟什么？我还是雇用她的上帝呀！

我在户外深呼吸了好几口气才鼓足勇气回到餐厅，与我想象的不同，脱衣舞虽然已经表演完毕，但欢快的气氛没有褪去，我不得不承认自己错怪了Neela。

∼

马丁太太向我道谢，同时表示这是她毕生以来最难忘的生日派对，我给了她最好的礼物。

我望了Neela一眼，她的表情很轻蔑，仿佛说着：**乡巴佬！这下子妳懂了吧?**

"请告诉马丁太太，替她服务是我的荣幸。"

翻译是Neela的工作之一，早说好了。

马丁太太听完我的回复又哗啦啦地说了一长串的法语，依据Neela的翻译，她说的是客人们纷纷向她打听派对筹办公司的联系方式，看来O-One很快会有新订单。

我顿时无语，O-One本来卖的是鱼子酱，开派对不过是附加的行销手法，没想到次要的光芒盖过主要，真不知是喜亦是忧？

看我不出声，Neela问我是不是该说些场面话？

"妳告诉她，我们会努力把每个派对都办到宾主尽欢。"我答。

~

回苏黎世的路上，我诚心地向Neela致歉。

"没事，妳在保守的中国长大，难免跟不上这里的步伐，我不会怪妳的。"

我接着承诺会给她和她的伙伴们很好的小费，下次若有订单，还请他们帮忙。

本来以为她会欣然接受这个提议，没想到她表示自己还是一名大学生，功课压力满大的，未必能匀得出时间来。

"既然这样，那不勉强，"我踌躇了一会儿，"妳今天有没有遇到许久不见的熟人？"

之所以这么问是因为我发现她与Hans在派对上交谈。

"许久不见的熟人？"她想了想，"没有，倒是遇到朋友多年前的家教老师。哈哈！他追女孩子的方式很老套，不过我还是给了他手机号码。"

我想起姑姑曾经提到Hans做过一阵子的家教老师。

"妳如果不喜欢他，就别搭理他。"

"我没说不喜欢他，他约了我明天出游，我答应了。"

看来我真是太保守了。

"那么祝妳明天玩得愉快！"我说。

"今天的派对还顺利吗？"Louis当晚打来电话问我。

"很顺利，事实上太顺利了，没想到老外也喜欢看脱衣舞秀。"

"脱衣舞？哈哈！早知道我也混进去瞧瞧！"

"真的假的？如果当真，我对你这个人可要重新评估了。"

Louis抗议，他说我是从古代穿越而来的古人，脱衣舞根本不算什么，比脱衣舞还开放的他也见过。

"我的确是古人，和Neela完全两个类型。"

"Neela？"

"她是老余的女儿，还是大学在校生。"

Louis笑说这下子他要改追Neela，因为我太难追了。

"晚了，她开始跟Hans约会了。"

"Hans？……糟糕！我还没取下摄像头。"

"那么明晚我们一起去取吧！"

好几天没见到Louis，我挺想他的。

"好，一言为定。"

第五十三章/变心

我被源源不断的咨询电话和邮件给吓坏了。

由于Neela一早表明想拿着刚到手的工资去意大利旅游（估计钱花光时，大学也快开课了），在此情况下，我不得不另外找人，但找谁呢？

想来想去，一劳永逸的办法便是自己组一个团队。

姑姑很赞成我的主意，既能有另外一笔收入，还有助鱼子酱的销售，一举两得。

我和姑姑谈得兴起，老余进进出出的，看神情是有话对我说。

"姑姑，我去洗个水果吃，妳要什么？"

"不用了，妳吃，我不吃。"

得了赦令，我走进厨房。

"余叔叔，你大可放心，Neela是为了气你才谎称有个阿拉伯裔男友。"

"那……那很好……很好。"他揉了揉眼睛。

"怎么了？你……你哭了？"

他否认，却给了我一个噩耗。

"妳姑姑的血糖、血压和血脂一直很不稳定，医生说得留意心血管并发症，这也是她担心的地方，害怕哪天就忽然撒手人寰。我总说她想多了，没料到……没料到隐形杀手来得如此之快，医生说她的体内长了东西，已经到了晚期，生命只剩下几个月了。"

这个消息来得太突然，以致我的脑子里一片空白。

"妳姑姑还不知道这件事……"老余补上一句。

"别告诉她，"我喃喃道，忽然想起一件事，"姑姑看起来和平常无异，怎么就得了大病，还是晚期？"

老余答姑姑头痛及失眠有好一阵子了，只是没告诉我而已。

我沉默了许久，亲人即将离世让我感到害怕与不舍，随之而来的还有责任，我是一个没有多少社会经验的新鲜人，如何管理一家大公司？

"宛宛呀！余叔叔现在说的也许妳不爱听，但还是得说。我问过那个年轻律师，他说妳的依亲签证马上就能下来，但收养手续可不一定，短则还要两、三个月，长则一年，即使办好了，拿瑞士护照也要等待好几年。简言之，妳目前是违法打工，是隐形人，一旦妳姑姑人不在了，O-One只能交到她公婆手里。他们的年纪也大了，最可能的情况便是将公司变卖，妳是被收养人，也许还能分到一点儿，但也就那样了。"

想到姑姑苦心经营的事业若真的拱手让人，她肯定心痛如绞。

"不，我不能让这件事情发生，再怎么也得保住O-One。"我说。

"既然这样，那余叔叔说了，妳可别见怪。"

听完老余的计划，我再次沉默。

"当然，等妳能合法工作，公司还是由妳经营。如果不放心，我们可以去公证。"

我猜想老余是我的生父，天底下有谁会坑自己的孩子？

"不用，我信任你。"

"那么妳劝劝妳姑姑答应我的求婚，我等待这一刻已经好久好久了。"他说。

～

根据老余的计划，姑姑若与他结婚，他便有了合法继承权，起码能留住O-One。

这不失为方法之一，我该不该游说姑姑再婚？

"妳怎么了？"Louis从树上下来，"一副愁眉不展的样子。"

我把噩耗告诉他。

"难怪前两天余先生咨询我一些事，原来是为了这个。"

"实话告诉你，我姑姑对自己的病情尚不知情，所以拒绝老余的求婚，毕竟姑丈才过世没多久，人言可畏。如今事情有了变化，我不知该不该劝她二婚，好让O-One不流入他人之手。"

Louis答这个简单，让姑姑写个遗嘱就行。

"不，我和老余都认为不到最后关头还是别提这个，因为姑姑比较容易胡思乱想，若知道自己将不久于人世，恐怕会加速病情恶化。"

"嗯……这件事有点儿棘手，让我好好想一想，"他把摄像头里的内存卡取出交给我，"把它插进电脑内就能看。"

"我现在没心情管Hans的事，还是你帮我看吧！回去后我会把过去几天的销售报告发给你。"

"好，没问题，这件事就交给我。"

～

接下来的日子很难捱，在姑姑面前我得佯装无事，另一方面，派对订单源源不断地送上门，一根蜡烛两头烧，年纪轻轻的我竟也开始掉头发，可见压力之大。还好有Louis，如果不是他的倾听和打气，我恐怕支撑不下去。

这一天上床后，我照旧打给他，不知是不是我多心，今晚的他缺乏温柔，更像在做商务报告。

"这阵子我太忙了，总算在今天匀出两个小时的时间查看录相，对照销售报告基本吻合，没有疑问。"他说。

我以为Hans坏事做尽，看来他只是小恶，没有欺骗到雇主身上。

"既然这样，再好不过，我实在没精力管Hans，马丁太太说……"

"五百瑞郎。"

"什么？"

"五百瑞郎是两个小时的费用，这是私活，所以请别通过公司给我。"

我很错愕，以为我们之间是不谈钱的。

"可以，钱要如何给到你？"我假装不在乎地问。

"待会儿我把银行账号发到妳手机上，还有，以后没事别打给我，我需要休息，何况Floria也开始抱怨了。"

"Floria？"

"嗯！我们又复合了。"

我努力把屈辱和即将溢出的眼泪给逼回去。

"太好了，我祝福你们。"

挂上电话，我才让泪水决堤。

第五十四章/强颜欢笑

"宛宛，妳怎么了？饭吃得这么少，是不是菜不合妳的口味？"老余问，现在他和我们同桌而食。

"不是饭菜的问题，是我吃不下，你们慢用，我先回房了。"

"等等，"姑姑喊住我，"昨天Hans打给我，他说店里的电子秤因为电量不足出现了误差，经人投诉，他已经做出赔偿，并且更换了另一款更加靠谱的秤，一旦电量不足会给提示，保证不会出现同样的错误。"

看来Hans不是故意为之，我错怪他了。

"知道了，那我……"

"宛宛，"姑姑又唤我，"我看妳这几天情绪不佳，明天是周末，和我们一起到施泰因小镇走走吧！回程再绕到莱茵瀑布，它是欧洲最大的瀑布，妳应该瞧一瞧。"

"可是派对订单……"

"别管了，钱是赚不完的，等玩完再回来头疼吧！"

被Louis捉弄的伤害还在，我的心情一落千丈，也许出外走走能让我早日走出阴霾。

"好，我挪出时间来。"

施泰因位于瑞士的东北部，靠近德国和奥地利边境，它被公认为"莱茵河畔的宝石"，同时也是瑞士中世纪气氛最浓的城市。这里的每一座建筑都保存得相当完好，墙身有美丽的壁画、浮雕和凸窗装饰，一栋连着一栋，宛如一幅展开的长画卷，精美绝伦。

"这是一种经过特殊工艺绘制而成的湿壁画，首先要在墙面上抹上灰泥，在灰泥尚未干时，用天然的颜料在墙壁上作画，等墙壁的灰泥完全干透，绘画便与墙壁融为一体，颜料既不会脱落，也不容易褪色。"老余介绍。

我说他懂的真多。

"哪是我？上回跟Neela一块儿来，她学的是艺术史，多少懂一点儿，我不过是全盘端来而已，哈哈！"

我抬头望着这些美丽繁复的壁画，虽然不懂个中含义，但能猜到与宗教或历史人物有关，看来哪天真得雇个导游，让他好好给我讲解壁画的由来和典故。

等游览得差不多了，我们回车里吃老余一早准备好的午餐。

"宛宛呀！这里的食物大鱼大肉，实在不适合妳姑姑，不过妳放心，我给妳准备了牛排三明治，应该挺不错的。"

"余叔叔，你太有心了，我喜欢你做的三明治。"

其实姑姑吃的也是三明治，只不过把牛排换成水煮鸡胸肉。

"妳们慢点儿吃，我还准备了热红茶。"他说。

喝上这么一口爱心红茶，不管身体还是心理都温暖了许多，想必姑姑也有同感。

吃饱喝足后，我问莱茵瀑布远吗？

"不远，大约半个小时车程。"老余答。

现在是下午两点，我估计天黑前能回到苏黎世。

"那么我们出发吧！"我说。

老余把车停在河中小岛上。

"这里是沃尔特城堡，始建于12世纪，是观赏莱茵瀑布最佳的位置。"老余介绍。

的确，从我站的角度能看到白色的水流涓布，气势非常宏伟，只是稍嫌远了点儿。

"宛宛，妳也知道妳姑姑腿脚不方便，近距离观赏得爬上爬下，所以……"

"余叔叔，你不用解释，这里很好，我喜欢这里。"我答。

倒是姑姑有意见，她说来都来了，肯定得近距离接触才不枉此行，她就待在原地等我们回来。

我认为不妥，再三推辞。

"我看我们还是走吧！"老余开口了，"妳姑姑犟起来像条牛似的，我们早去早回，要不了两个钟头。"

其实通往瀑布的小径还算好走，我和老余在越来越大的轰隆隆水声中前进。

"要不要坐游船？"他问。

"不了，看看就走。"

"我知道有个观景平台，妳跟着我就是。"

所谓的观景平台是人工建造的，约二十平米大，就悬在水面上，可以近距离欣赏瀑布飞流直下的壮阔景观。

我站了上去，该怎么形容呢？高处的水一跃而下，低处的水面顿时产生无数的白色泡沫，从上面俯瞰，犹如处在一个冰雪世界中。更甚者，由于光线的折射和反射作用，我竟看到一道七色彩虹划过，美不胜收。

"要不我们走到瀑布上游，那里可以欣赏另一侧瀑布。"老余提议。

我看到瀑布上游有一个多孔铁路桥，桥上跑着火车。

"也好。"

于是我们沿着瀑布北岸的蜿蜒小路直上大桥，桥两侧有人行道，可以一直走到另一个城堡（劳芬城堡）的大门入口处。

"余叔叔，我现在知道为什么你把车泊在沃尔特城堡而不是距离更近的劳芬城堡，因为这里的树把瀑布的磅礴气势给遮挡住了。"我说。

"没错，妳观察得很仔细……咦！站在饮水池旁边的人是不是Louis？"

我定眼一瞧，老天！真的是他。我正想拉老余遁逃，可惜晚了一步。

"我就说是你。"老余走上前去。

"你好！"Louis对老余说，目光一转，他也向我问好，声音冷冰冰的。

我们仨就这么尴尴尬尬地站着。

"我去买瓶水。"

可怜的老余还以为自己当了电灯泡，找了个借口离开。

"五百瑞郎收到了没？"我问。

"收到了。"

"你有话要对我说吗？"

"没有。"

老实说自从被Louis冷落，我不止一次反省自己是不是说错了什么话、做错了什么事、乃至穿错了什么衣服才惹得他不高兴。就算真的犯了错误，总有改过的机会吧？就这么被他一枪毙命，我真的好不甘心！

琢磨再三，我决定还是豁出去，就算死也要死个明白！

"你曾赌我不会上飞机，同时在那之前会承认对你有特殊的感情。Guess what? 你赢了，我的确对你有特殊的感情，我们……我们可以交往了。"

没想到我放下尊严换来的是更深一层的难堪。

"很抱歉我一时兴起开的玩笑让妳当真了。实话告诉妳，今天我不是一个人来，Floria去……去买水了，我不希望待会儿引起不必要的误会。"

"哈哈！"我拭去眼角的泪水，"我也是开个玩笑而已，你怎么也当真了？行，为了不让你女朋友误会，我走就是。"

由于心慌意乱，我竟走错方向，再回头，更加狼狈。

"宛宛，这里，"老余向我招手，"妳姑姑在等我们呢！"

老余的手中没有饮用水，想必方才发生的一切他都看在眼里。

"瞧我，连方向都搞错了，你有看过比我更蠢的人吗？"我笑问Louis，眼眶却是热的。

"宛宛……"

"Bye了，替我向Floria问好。"说完，我快步跑向老余。

第五十五章/住在公墓旁的老爷爷

有句话"情场失意，职场得意"，我终于了解个中缘由，因为失恋太痛苦，惟有埋头苦干才能减轻伤痛。

实话告诉你，现在的我已经组织了一个五人工作小组，专门用来筹办鱼子酱派对活动，另外还请了一名精通普通话、德语、法语、意大利语的翻译兼秘书，大大减少沟通时可能会有的语言障碍。

我的头衔也从"查无此人"变成"O-One鱼子酱公司总监"。没错，收养手续已经办妥，我目前拿的是工作签证，等瑞士护照一发下来便无庸如此麻烦，我可以同时享有工作权及社会福利，与一般的瑞士人无异。

貌似一切都上了轨道，我本该春风得意，但只有自己清楚，我是人前风光，背地饮泣。每当午夜梦回，我总不由自主地想起那个混血儿以及那段还未开始便已终结的恋情……

"宛宛，妳看这花多美，"姑姑捧着刚买回来的花，"看到花让我想到春天，经历好几个月的天寒地冻，也该迎接春天了。"

"已经春天了吗？"我喃喃道，"好快！"

"呵呵！"老余笑了，"妳觉得快，我和妳姑姑却觉得慢，这个冬天老长，长得让人发霉。"

也许上天怜悯，也或许是老余照顾得好，姑姑的身体一天比一天硬朗，完全不像生命倒计时的人，虽然她还离不开轮椅。

"你发霉，我可不，我的精力还旺盛着呢！"姑姑笑说。

"既然这样，我们结婚吧！妳从去年的圣母升天节推到万圣节，又从万圣节推到新年，下周就是共合国日了，妳该不会说复活节结婚正好吧？！"

姑姑呵呵呵地笑，她说好东西都值得等待，复活节不错，结婚正好……

这也是我不明白之处，他俩的感情甚笃，可是姑姑就是不肯结婚。一开始我也急着敲边鼓（为了一旦姑姑病故能保住O-One），但姑姑一直态度不明朗，嘴巴说缓一缓，时不时又给老余希望，我看得一头雾水，索性撒手不管，毕竟每天的工作多如牛毛，我实在没精力去叫醒一个装睡的人。（依我看，姑姑把这件事当成生活中的一种情趣，吊起老余的胃口好予取予求，这个老妖精！）

再讲Hans，一刚始我对他没什么好感，总怀疑他有一肚子的坏水，后来误会一一解开，我也不再对他有成见。即使现在他和Neela走到了一起，让我感觉动机不纯，但也就那样了，别人的感情还是不介入比较好。

"宛宛啊！听说秦平下个月结婚。"姑姑问完，喝了一口老余递过来的茶水。

"妳也听说了？"我颇感无奈，"是的，他下个月结婚，新娘子是同村的，大专毕业，在乡政府工作。"

"不错，这才是良缘。"

我不知道这算不算良缘，但秦平恨不得昭告天下，不仅一一通知我的亲朋好友，还给我发来请帖，可见他对这个婚姻满意得不得了。

"妳去参加前男友的婚礼吗？"姑姑接着问。

"这么忙怎么去？"我抱着一大包薯片咔呲咔呲地咬，"不过我会给他汇去一个大红包，好让他有个终身难忘的蜜月旅行……"

姑姑像想起什么似的，要我赶紧买机票飞伦敦，她的多年好友想办个派对。

"没问题，我派Betsy过去。"

"不，这是一笔预算很大的单子，妳一定得亲自去，以表诚意。"

我们的鱼子酱派对虽然没有设置最低消费，但向来都是大单，既然姑姑特别点名到，可见不一般。

"好，我亲自去。"

"对了，我的朋友有点儿孤僻，不太愿意见陌生人，妳千万一个人去，别带上人。"

孤僻的人会办派对？这听起来很诡异。

"是男的还是女的？"我不放心地一问。

"男的，不过妳放心，他齿摇发落，连路都走不稳。"

既然这样，应该没什么问题。

于是我很开心地交待秘书订机票，心中计划会面完毕还可以逛一逛繁华似锦的伦敦城。

～

我和老爷爷联系上了，他给我发来家庭住址，还说任何时间都可以上门，他就待在家里等着。

254

一走出机场，我搭上伦敦才会有的黑色出租车（black cabs），据说它经常出现在电影和电视剧中，让我联想起看过的《007邦德》、《神探夏洛克》等一系列经典影片。

上车后，我忙不迭把写着地址的纸条递过去，司机看了一眼后表示那个位置靠近公墓。

公墓？不可能的，邮址明明靠近肯辛顿公园。

司机斩钉截铁地答不会错，布朗普顿公墓就位于市中心，它是伦敦的七大墓园之一，不仅是慎终追远的地方，也是英国的皇家公园，电影《福尔摩斯》还曾在那里取景过。

公墓让我联想起那个许久未见的人……

"不，不会的，司机不是说伦敦有七大墓园吗？不会这么凑巧。"我安慰自己。

约莫40分钟后，车子停在一栋联排别墅前。

付完车资，我走了下来，门牌号11，没错，就是这里。可惜我按了又按门铃，仍无人回应。

"该不会门铃坏了吧？！要不就是老爷爷耳背。"我边想边举起手来。

还没等我敲门，熟悉的声音响起："门铃没坏。"

我转过头去，吓得心脏差点儿骤停。

等平静下来后，我装作无事地问："怎么，你对这屋很熟？"

"不熟，我只是帮他家溜狗。"

我也注意到了，一只金毛正对着我大摇尾巴。

"这也太奇怪了，齿摇发落，连路都走不稳的老爷爷竟然还养狗？"

Louis听完噗嗤一笑，我问他笑什么？他答没什么。

没什么就是有什么，这傢伙真会吊人胃口。

"我有他家钥匙，妳要进去等他吗？"Louis问。

"不用了，我在这里等就行。"

"老爷爷也许散步一整天也说不定，妳确定不进去？"

这就更奇怪了，既然散步去，为什么不带上自己的狗？莫非怕狗跑了，而自己追不上？

"那好吧！希望他回来后不会责怪我没经过允许就入內。"

"不会的，如果他责怪妳，我会帮妳做证，不让妳有一丝委屈。"他答。

第五十六章/我在苏黎世等风也等你
（完结篇）

这是一栋外表平凡无奇且有些年代的砖造房子，但屋内不一样，有一种低奢的美感。

"这个地段的房子不便宜，虽然是联排别墅，不是独栋，怕也要好几百万英镑，老爷爷真有钱。"我边参观边说。

Louis不置一语。

我们一直走到最里面的起居室，它靠近后院并且连着开放式厨房，非常的宽敞明亮。

Louis很快打开落地窗，让金毛飞奔出去，原来庭院中有棵木棉树，树下有个狗屋，屋前还摆了个狗碗。

"这只狗叫CoCo。"我说。

"妳怎么知道？"

"狗碗上写着。"

"看样子妳变聪明了。"

也许他说者无意，我却听者有心。

"是的，我是变聪明了，不再把别人的玩笑话当真。"我说。

"哎！都已经是陈年旧事了，妳还记得那么清楚？"他回到厨房，"喝什么？茶还是咖啡？"

"茶。"

Louis开始烧水，接着从右上方的柜子里取出茶具，再把流理台上的茶罐打开，取出一些茶叶放进陶制茶壶里。

"妳的茶加奶和糖吗？"他问。

"奶少许，糖也少许，如果有肉桂粉更好。"

于是他从冰箱里取出牛奶，再到左上方的柜子里拿糖，肉桂粉不在柜子内，它在中岛的抽屉里。

当Louis把一杯加了奶、糖、肉桂粉的茶交到我手里时，我调侃他的动作真娴熟，大概闭着眼睛也能找到要找的东西。

"当然，我经常帮老爷爷泡茶。"他毫无愧色地答。

我继续给他出难题，问："这屋的底层没有卧室，莫非老爷爷每天爬楼梯就寝？"

"实话告诉妳，我每天背老爷爷上楼，久而久之练出了虎头肌，"他指指自己的肩膀，"要不要摸摸看？硬得像石头。"

我撇过脸，问Floria哪里去了？该不会在楼上睡大觉吧？

"上个月她还在普吉岛晒太阳，现在就不清楚了，也许我问问Adam。"

"为什么要问Adam？"

"他是她的未婚夫，两人如胶似漆，不问他问谁？"

我怒视他，感觉委屈至极。

"What？"他问。

"你就会欺负我，好玩是吧？"

"我没欺负妳，事实上我做的一切都是为了妳，Brigitte也知情。"

什么？！姑姑也知情？那么她当着老余的面要我忘了负心人又是为哪般？

Louis答为了放松敌人的警戒状态。

"敌人？这指的可是老余？"我摇摇头，"不可能，虎毒不食子。"

"是谁告诉妳，妳是老余的女儿？"

"没人告诉我，我……猜的。"

然后Louis告诉我一件匪夷所思的事，原来姑姑和老余在我出生的前两年就已经分手，老余心里也清楚孩子不可能是我，他是故意让我误会，好将O-One纳入囊中。

"等等，我搞迷糊了，你能从头说起吗？"我问。

当Louis将真相说出来，我倒吸一口气，这也太扯了。

好吧！为了让你了解整件事的来龙去脉，我把它当成故事说给你听：

余辰欧是个自私且道德感薄弱的人，他在德国留学期间认识了**Brigitte**，为了解决居留问题，他不惜抛弃已谈婚论嫁的女友，转而与有德国护照的华裔姑娘结婚。

Brigitte伤心之余果断堕胎，并且痛定思痛，决定在海外闯出一片天。因缘际会下，她遇见一个爱她的男人，两人婚后移居瑞士，胼手胝足创建**O-One**这个鱼子酱品牌，当中的辛苦自不在话下。

也不知余辰欧何时盯上了"前女友"，反正当**Brigitte**的老公一去世，他便现身，并且鞍前马后的，如果不是**Brigitte**的公婆收到匿名信，直指**Brigitte**的私生活不检点，可能有私生子……等等，她不会对余辰欧起疑，因为有些细节只有恋人之间才会知道。

还好**Brigitte**的公婆明事理，也信任自己的儿媳妇，倒是**Brigitte**想的比较深，那个当年会为了一本护照抛弃自己的人究竟在打什么主意？

为了查明真相，她一方面让公婆起诉自己，另一方面雇用余辰欧，朝夕相处下，她更加相信这个"假面人"打算联手早有二心的**Hans**掏空**O-One**，而坐实的证据便是那个监控摄像头拍下的录相（**Louis**后来从录相中发现余辰欧与**Hans**会面的画面，加上出货数量跟售出及存货之间严重不符，他便跟踪他俩数日，果然有不正常之处，遂报告给**Brigitte**）。

Brigitte深思熟虑后，认为把**Louis**摒除在外比较妥当，毕竟两个手无缚鸡之力的女人更容易让人放松警戒。果不其然，那两人拿**O-One**当抵押，成功贷出了一亿，不出意外，明天就能到账……

"这可怎么办？"我急得从座位上跳起，"我得赶紧通知银行止付。"

Louis将我的手机夺下，老神在在地说："妳以为他们是如何贷上款的？告诉妳，我和Brigitte背地里都帮了点儿小忙，目的就是人赃俱获，估计警察已经在路上了。"

听完我大松一口气，也有余力埋怨。

"你和姑姑好狠心，把我一个人蒙在鼓里。这些日子以来，我像行尸走肉般地活着。"我说。

"妳以为我好过？如果不是Brigitte时常发来妳的照片，我恐怕活不下去。"

现在我终于知道为什么姑姑突然热衷拍我，连老余都打趣姑姑想当人物摄影家，我们该为她办一个摄影展云云。

"我还有一个疑问，店內的冰雪女王二人组及Neela是不是也牵扯其中？"

"目前没有证据显示她们也是罪犯之一，我认为老余及Hans应该不致于将人员扩大，毕竟人多嘴杂，加上妳和姑姑不过是两名弱女子，杀鸡焉用牛刀？"

我对冰雪女王向来没好感，但Neela不一样，如果她也是犯罪同伙，我会很失望。

"你说我如果炒了Freja和Gaby，这是不是小人行径？"

"当然不是，我认为妳早该炒了她们，那两人就是狗眼看人低的种族歧视者……天哪！我终于说出来了。"

我伸出手和他握了握，因为他道出了我的心声。

Hans和老余因为诈骗罪被判入狱两年。

"怎么才两年？这帮老外也太仁慈了！"我愤恨地说。

"两年的刑期算恰当，毕竟O-One账面上的亏损数字并不大。"

钱的损失是不大，但心理的创伤却无法磨灭。

"姑姑的公婆是否还是不愿接受姑姑的好意？"我问。

"嗯！他们表示钱够用，身体也硬朗，无需过多的身外之物。不过妳姑姑还是帮他们买了私人医疗保险，至少哪天……可以不用排队，直接上私立医院就诊。"

"那就好。"

此时的我们坐在苏黎世湖边的草地上，脚晃荡在湖水上方，正望着广阔的湖面闲聊。

"最近生意怎么样？"他问。

我答很好，实际上太好了，忙都忙不过来。

"事务所已经答应将我调到苏黎世工作，这次飞回伦敦，我打算把房卖了，妳说好吗？"

"你认为好就好，干嘛问我？"

"当然得问妳，我打算让妳成为我的星期女友，并且进一步成为我的星期老婆，所以我得确定自己不是自作多情。"

我往后一仰，躺在草地上。

"妳这是干嘛？"他问。

"你也躺下，听风都说了些什么。"

他迟疑了一会儿，还是躺下。

我们就这么边闻着青草的芳香边仰望蓝天白云。

约莫十几分钟后，我问Louis风说了什么？

"风说云是动的，而且变幻莫测，刚刚还是一尾小蝌蚪，现在已经成了大牛蛙。"

"呵呵！我听到的不一样。"

"那么说来听听。"

"它说……宛宛会在苏黎世等风……也等你。"

此刻阳光正好，微风轻吹，岸边有人低吟浅唱，枝头百鸟争鸣，没人注意到Louis正悄悄握住我的手，而我的笑，像甘泉一样甜。

《完结》

【看不够吗？**B**杜的《迪拜公主的秘密情人》正等着您，以下是前三章，先睹为快。】

《迪拜公主的秘密情人》

第一章/苏青青

今天我无意间刷到一个帖子，一位小女生说她从小就喜欢看CCTV的《探索·发现》频道，对神秘的古国及地底墓穴心生向往，如今也到了报考大学的时候，她问广大的网友："学习考古专业会不会是一个太过浪漫而不切实际的选择？"

此时的我手里拿着一个苹果，正咔嗞咔嗞地咬，一看有个不知死活的小红帽正往森林里冲，立马扔下手中咬到一半的苹果（还差点儿击中家里的长耳朵柯基），啪啪啪地打起字来。

如果楼主真的"热爱"考古，投身其中无可厚非，但就楼主的情况来看，明显对考古不够了解，只凭一腔热血就想上前拥抱，这是极其危险的事。好比妳对一个神秘男生产生兴趣，这时妳应该做的是继续深入了解，而不是立刻跟他私奔，那样做只会痛心疾首、追悔莫及……

发送完毕，我起身到冰箱又取了个苹果，洗净后回到房间，发现我的回复底下已经筑起万丈高楼。

. . .

一楼是楼主砌的，她问我读的是不是考古系？如果是，现在后悔吗？

二楼是个网名为"不怕死的猫星人"砌的，她同意我的看法，当初就是眼瞎才会选择这个不好就业的专业，经过两年闲赋在家的日子后，她现在正在某个仓库里待着，手里拿着饿不死人的薪水。

三楼是个网名为"圣战士"砌的，他说我太危言耸听了，考古系根本没那么可怕。话说回来，这个社会不是单一的，它需要各方面的人才，好比考古学家李济、斐文中、郭沫若……等，他们为国家做出巨大的贡献，应验了那句话—是金子总会发光。

四楼是……

我边啃苹果边浏览了一遍，赞成票和反对票大致打成平手。

"其实他们都误会我了，我就是那个对考古一见钟情并且携手私奔的人。"

"汪汪！"

"再告诉你，我的很多同学都已经后悔了，但不包括我，我是异类，喜欢的东西跟别人不一样。"

长耳朵柯基听完兴奋地原地打转，它知道我喜欢它，即使它是只奇怪的串串狗，有柯基的小短腿和吉娃娃的长耳朵。

"姐，妳回来了，我还以为是小偷呢！"

说话的是我的亲妹妹—苏暖暖。

"妳看过脸这么黑的小偷吗？"我问，然后把苹果核空投至房间角落的垃圾桶内。

"说的也是，"她摸了一下我的头发，"谁剪的？狗啃了似。"

265

我答我剪的，这次的北疆行实在太刻苦了，三十几天没洗过一次澡，头都长头虱了。结果剪完头发的那个夜里，我哭了一整晚……

"这肯定是假的，苏青青怎么可能哭？"

"是呀！我是无敌铁金刚，怎么可能哭？"我苦笑着，"妈呢？"

"大概买菜去了。"她像想起什么似的，"告诉妳，妈和爸又开打了，小心被台风尾巴扫到。"

打从有记忆以来，我父母便三天一小吵，五天一大吵，感情破裂成这样，也不怕我和暖暖心里有阴影。

我曾暗示母亲离婚，她又反过头来说父亲对她种种的好。

"哎！如果妳或暖暖是个男的就好了，妳父亲也不致于被乡亲取笑，甚至到现在还有二心，总想找个姑娘替他生个带把的，这个老不修！"母亲说。

如果有原罪，"不是个男的"便是我的原罪，它像个紧箍儿，时时提醒着我的不完美。

暖暖倒好，虽然也是个女的，母亲好像很少向她诉苦，部分原因是生完二胎后，母亲的子宫便因故摘除，暖暖成了最后一件小棉袄。老幺总是惹人疼，母亲把所有的温柔都给了她，对身为老大的我则"恨铁不成钢"。久而久之，我真的阳刚起来，不仅剪了个男生头，连裙子也全给了妹妹。

在我看来这是件极其普通的事，实际不然。过了一个暑假回到学校，也许因为个儿抽高、头发剪短、加上帅气的举止（我已经分不清是刻意为之还是浑然天成），我竟然成了风云人物，身边总有女孩围绕，和往日的不咸不淡比，受欢迎的程度堪比黄袍加身。

老实说我挺享受被人追捧的感觉，在我家，我像个可有可无的人，父亲对我太寡言，母亲又太喋喋不休（多半是抱怨，仿佛全世界的不幸都给了她），哪像在学校，女孩们对我好极了，给我买零食，还不介意让我分享她们的爱心便当。不讳言地说，我就像个儿皇帝，连考个试也有人主动帮我Pass。

"说！这纸条是怎么回事？"数学老师眼露凶光地问。

"我也不清楚，它就忽然出现在我桌上，早知道我就不当着妳的面打开。"

那次的数学期末考试难如登天，搞不懂出题老师为什么总以打击学生的自信心为乐。当我正搜索枯肠时，一张小纸条从天而降，我一转头，班上的学霸郭美芳冲着我微笑，她是老师眼中的好学生，从不惹麻烦，只会坐在角落安静地看书。

"妳这是睁眼说瞎话！还有，"老师戳了戳我的短发，"这是什么发型？男不男，女不女的，别以为我不知道妳的葫芦里卖什么药。"

"妳倒是告诉我究竟卖的什么药呀！"我说。

此时有个男声响起："春药。"

话声甫歇，引来哄堂大笑。

老师愤怒极了，随手甩给我一个大耳光。

我被打得眼冒金星，愤怒之心也油然而生。

"为什么打我？"我站起来质问。

"打妳就打妳，还得挑日子？不信我再打妳！"

"妳打我试试。"

我没等老师给我第二个耳光，直接将她击倒在地。

"造反了，苏青青，这次妳若退不了学，我就不姓方！"

方老师果然还姓方，我被迫转学到二十公里以外的另一所中学。由于"劣迹斑斑"，加上不小心跌倒，眼角缝了几针，替我的传奇故事又添加一笔神秘色彩，我很快便掳掠全校女生的心，甚至还有远道来访的粉丝。

实话告诉你，每当放学，校门口仿佛是我个人的星光大道，尖叫声及拍照声不绝于耳，而我早已麻木，匆匆而过。

第二章/小河公主

从小我就喜欢阅读稗官野史，一直以来的想法很简单，将来考进一所好点儿的大学读历史系，毕业后找一份教职了此一生。事情的转折和那个发帖女孩一样，考完高考的某天，我打开电视看CCTV 的《探索·发现》频道，因此触动內心里的那根弦。当时节目正介绍小河公主，她是中国考古学家于2003年在新疆罗布泊发掘出来的一具女性干尸，虽然经历了四千年，但尸体保存完好，面部笑容清晰可见，因为是在小河遗址发掘到，所以被命名为"小河公主"。

"小河公主"其实不是她的原名，她最早被称为"微笑公主"，由瑞典考古学家贝格曼首次发现，他对她的描述如下：身着高贵的衣裳，深色的长发上戴着一顶装饰有红色带子的尖顶毡帽。她的双目微合，好像刚刚入睡一般，漂亮的鹰勾鼻、微张的薄唇与露出的牙齿……为后人留下一个永恒的微笑。

说不上为什么，当我在电视上看到"公主"时，整个人惊呆了，她是那样美，美得摄人心魄。

实话告诉你，接下来的几天我过得浑浑噩噩，满脑子都是伊人的面容，还因此出现幻觉和幻听。

几天后，母亲听说我填写的志愿是个冷门中的大冷门，气不打一处来。

"妳知道考古是干嘛的吗？那是挖死人坟墓的，多晦气！"她说。

连一向对我冷淡的父亲也表示那是找不到工作的专业，与其白白浪费四年的时间和金钱，倒不如到工厂当女工，勤快点儿，四年后也许能当上领班。

我清了清喉咙，告诉他们挖死人坟墓的叫盗墓贼，和考古队是不同的，后者挖出来的东西不能中饱私囊，而是上交给国家，至于就业……是有那么点儿难就业，但小众也有小众的好处，代表竞争少，如果不能在高校或者科研单位谋得一职，起码还能到博物馆、古玩店或拍卖行工作。

此时父母的脸色稍有好转，谁知我妹"适时"扯我后腿。

"姐，我知道那所大学，等妳考上，我去找妳，记得带我吃朝鲜冷面和打糕哦！"

母亲如临大敌，问我填的是哪所？当得知是东北某个没名气的大学时，她的火气又上来了。

"妳怎么不填北大？北大也有考古系。"她质问。

这不是填不填的问题，而是人家压根儿没看上我。

母亲答不行！这事不能任由我胡来，马上更改志愿，她觉得师范大学不错，毕业后当老师，多好！

"晚了，我已经提交，而且志愿只填一个。"我冲口而出。

当时我妈正在煮饭，拿起菜刀就扑上来，我连跑三条街才甩掉那个疯女人。

你若问我为什么非得上这所大学不可？我也知道提供考古专业的大学不止一所，但看来看去只有这所偏重"边疆考古"，刚好符合我的需求—借着边疆考古的名义接近我朝思暮想的女神。

结果三年下来事与愿违，老师带我们去的都是一些穷山恶水的地方，一个月洗不上一次澡也不是什么新鲜事，最可怕的是来大姨妈，要多惨有多惨。每当这时候，我总恨不得自己是个男的，可以站着如厕，每个月也不会无缘无故失血好几天。

说到下田野（考古调查与发掘），边疆地区大多是石封堆墓，没法儿采用封土揭取方式，只能靠人力来搬，那些石块小则十几斤，大则数十斤，每搬一层石头都要绘图记录，所以石封堆墓的揭取经常要耗时一至两个月。去年暑假的下田野便是这样的一场恶梦，我每天顶着烈日练肱二头肌，回到家连家里的长耳朵柯基都认不出我来（我妹说得好，我像极了一根行走的紫米血肠）。

眼看三年过去了，我离"小河公主"还是那么遥远（她的本尊在新疆考古研究所，不对外开放，只有专门的人员才能一睹芳容），于是我分别请教了学长姐及论文指导老师："如何才能进入新疆考古研究所？"

答案很一致，那就是当上那里的研究员，意思是起码得读个硕士或博士才有资格竞争，这对我来说太难了。

我退而求其次，问什么时候能看"小河公主"一眼？

老师虽然感佩我的执着，但仍给出客气而不失礼貌的打击："小河公主是国宝，出土后的潮湿空气对她是种伤害，目前她被很好地保护起来，只有极少数的人才有机会见上一面。"

这还算是比较靠谱的回答，至于学校那些一知半解的同学们，给出的答案就天马行空了。有的说每十年公主会出访一次，也许是美国纽约，也可能是南半球澳大利亚，我就乖乖等着；有的还说真正的小河公主早就在运输途中化为白骨，即使我有幸目睹，那也只是个仿品；有的甚至建议我贿赂当班的保安，也许能偷偷溜进去，只是当夜深人静，馆内空无一人时，那景象说有多恐怖就有多恐怖……

综合以上说法，想亲眼目睹"小河公主"的机会微乎其微，我不免心灰意冷，直到老师询问有没有人志愿到北疆当苦力时，才又重新点燃我内心的希望之火。

"我去！"我不假思索便举手了。

通常会用到"志愿"二字，代表不会是好事，但我管不了那么多，因为新疆考古研究所在乌鲁木齐，乌鲁木齐在北疆，换言之，这是个近距离接触公主的机会，我怎能错过？

然而我的一腔热血却在老师那里遇冷。

"呃……谢谢苏青青女同志的热心，但北疆的环境险恶，我更希望男同志响应。"

话一说完，班上的五位男丁集体沉默（是的，考古系阴盛阳衰，虽然这明明是个极需体力活的专业）。

老师很尴尬，表示如果真是这样，那也只好抽签决定，毕竟现在只有一位志愿者，名额还需要两位……

"老师，我去！"廖静薇举手。

"老师，我也去！"

"我去！"、"我去！"、"我去！"……

面对空前盛况，老师一时傻眼，最后抽签选中廖静薇及冯明玉跟着我一起跳火坑。

为什么说"火"坑？新疆的最热月在七月，为了避开火球，我们选择在清明节出发，预计五月中旬回来，刚好来得及准备答辩。然而人算不如天算，虽然四月份的天气最宜人，但我们去的是阿拉尔，属于"暖温带极端大陆性干旱荒漠气候"，光看这个描述就知道必是惨绝人寰。果然白天像个大蒸笼，我的衣服就从来没干过；夜晚则骤降到五度C，即使把带来的外套及秋衣秋裤全穿上，躲在棉被里依然瑟瑟发抖。

除了天气严峻外，其他也好不到哪里去。白天累死累活，太阳下山后连个冷水澡也洗不上（遑论热水）；再说伙食，比看守所还不如，通常就一个菜，不是土豆炒肉丝就是肉丝炒土豆，再不然就是奶子面条，如果厨子的手艺合格倒也罢，偏偏不合格那才头疼。另外，请来的民工一言难尽，下工不是抽烟、喝酒、打牌，就是没完没了地讲黄段子，有些色鬼还会仗着酒意调戏起女学生。

这一天，冯明玉哭哭啼啼地向我告状，我才知道她被欺负了。

"喂！你们哪个杀千刀的敢欺负我妹？"我挺身而出，冯明玉则像只小鸡似地躲在我身后。

民工们纷纷发出暧昧的笑声，同时将目光打在热合曼身上。

我走过去，居高临下地问："是你对我妹毛手毛脚？用的是哪只手？"

热合曼慢吞吞地站起来，他的鼻子发红，眼睛也是红的，全身散发着酒气。

"那个……"他伸出右手。

我三两下便废了他的右手，惨叫声不绝于耳。

"听着，"我转向那些吓坏了的民工，"你们谁敢欺负这里的女人，下场就跟他一样！"

此时的热合曼捂着右手缩成一团。

噢！忘了提，在阿拉尔做苦工的学生不止我们仨，尚包括他校，总共十二名女生，三名男生。

我校女生可能早耳闻我的事迹，但他校女生却是第一次见识我的胆量和蛮横，个个吓得目瞪口呆。老实说，自从打过老师之后，我就什么都不怕了，加上平时有健身的习惯，打起架来从未输过（至少目前为止是）。我也不认为自己打人有错，因为每次动拳头都是对方咎由自取，该打！

然而在我看来很天经地义的一件事，到了同行女生的眼里却有不一样的解读，我成了一束光，照亮她们枯燥且艰辛的沙漠生活。

啊！我已经承受太多女性关爱的眼神，这感觉很奇怪，我一方面享受，一方面又抗拒，因为我知道她们都不是我的公主，而惟一让我怦然心动的却是一具千年女尸，我真他妈的……太难了！

第三章/失之交臂

阿拉尔，维吾尔语的意思是"绿色的小岛"，它位于塔克拉玛干沙漠的西北边缘，有条河流（塔里木河）穿行而过，由于历史上曾多次改道，逐水草而居的远古人类不得不跟着迁徙，以致留下许多历史遗迹……

说这些无非是个引子，为什么我和其他考古系学生会千里迢迢来到这个鸟不生蛋的地方？那是因为阿拉尔发现了古墓群，除了文物和农作物出土外，还发现了一具巨人古尸（身长2.3米，比姚明还高），专家认为他很可能是羌族的祖先。

我们这些菜鸟当然是不可能接触巨人，所做的无非是把各种各样的碎陶片找出来拼凑以及收集邻近住户家里的"古董"作为佐证，角色相当于打杂，但地位比民工高，毕竟他们只负责出卖劳力，连图都绘不了。

在阿拉尔的一个半月里，我每天都在反省自己是不是脑壳坏了才会选读考古系？别人的大学生活多么惬意，我何苦住工棚、吃猪食，全身还痒得难受？

"我他妈的真是受够了！这次回去就换专业，哪怕已经大四，哪怕再过两个月就可以毕业，我非换不可！"我愤恨地说。

"妳确定要换？"廖静薇推一推她的眼镜，"去年在河南开封，妳也这么说过。"

我记起来了，当时开封启动"城摞城"遗址发掘项目，我们几名学生被派去当下手，虽然只有短短二十多天，但不幸遇上几十年来难得一见的强降雨，屋外电闪雷鸣、狂风大作、暴雨倾盆，屋内也不太平，我发着高烧，头痛欲裂，当时是真的想放弃，但是回去以后我又好了伤疤忘了疼，继续将错误进行到底。

"我说过？怎么我只记得去年妳用薰衣草香味的洗衣粉洗我的衣服？"我说。

"妳还记得？"她的脸颊出现两朵红晕，"这次我用的是百合香味的，不知妳喜不喜欢。"

"当然喜欢，这里的水源不足，跟住户要水肯定得好话说尽，辛苦妳了。"

"不辛苦，我喜欢妳身上衣服的味道跟我的一模一样。"

第一次下田野时，我的脏衣服总会不翼而飞，隔天又整整齐齐地堆放在床头。当时以为是当地政府提供了洗衣服务（简直想太多了），直到我留意到别的同学穿得比犀利哥还犀利，我才惊觉自己被人宠爱着。

再讲伙食，没有一次下田野能吃得好，但我不一样，正餐不足，副餐来凑，泡面、辣条、饼干、薯片、软饮……任我选择。由于大巴有行李限制，每个人只能带上一大一小两件行李，换言之，为了让我饱食，"女孩们"精简了个人用品，这种牺牲小我的精神怎不让我感动？

接着讲住宿，通常我们住的是大通铺，北疆行也不例外，每当这时候我总感觉别扭，没有了私人空间，想"安静"一下都不可能。

"Pachinko，后天就回去了，妳有什么计划？"

说话的是B大的学生，长得有点儿像日本演员广末凉子，很古灵精怪的样子。Pachinko的绰号是她帮我取的，因为我的名字里有个"青"字，让她联想到日本盛行的弹珠游戏机—柏青哥（日语发音便是Pachinko）。

"我想到乌鲁木齐走走，领队答应我了。"我答。

"这么说妳不跟我们一起回去，那多没意思！"冯明玉说。

"反正车上有小顺子，他挺逗的。"

话一说完，"女孩们"集体吐槽，纷纷表示小顺子就是个丑角，每次都企图幽默失败，让人尴尬癌都犯了。

"没那么夸张啦！"我说。

"Pachinko，"没想到冯明玉也这么叫我，"妳去乌鲁木齐干嘛？我也一起去行不？"

"不，不行，妳不能跟去，我……我有重要的事待办，得单独行动。"

这个重要的事无他，就是跑到考古研究所碰碰运气，对我来说，这是北疆行的惟一目的。

当灯熄了之后，我们12名女生统一上床，廖静薇和"广末凉子"动作快，分别躺在我的左右两侧。

没过几分钟，打呼声此起彼落，同样进行的还有一只不安分的手，它正缓缓地爬上我的小腹。我将它轻轻推开，接着闻到发香，和我衣服上的香味一模一样。

莫非廖静薇用洗衣粉洗头？

我把搭在肩膀上的秀发移开，然后睁眼看着腐朽的屋顶横梁发呆，心想当鸭子误入鸡群时一定是特别的无奈与无助……

～

"为什么？"我怒发冲冠，"你明明答应我了。"

那个长相斯文的领队表示他是答应我了，但今天有五位女生也请求放行，他能怎么办？万一有个差池，他要如何向学校和家长们交待？

"如果……如果我负责让她们都别跟去，这事还有转圜的余地吗？"我抱着一丝希望问。

"没闹开，我还能给例外，但现在晚了，这事没得商量，抱歉！"

我没料到"口风不严"给自己带来了不可磨灭的遗憾，就差那么一点儿，也许就能了了多年的心愿，我他妈的也太背了！

坐在回程大巴上，我心如止水。当滚滚黄沙吹过，我望着车窗外的萧条景象默哀："我的小河公主呀！何时才能看到妳的笑颜？"

作者介绍

在异国的背景下加入缠绵悱恻的爱情故事是B杜小说的一大特点，她的文笔清新、笔触诙谐、画面感很强，读完小说有种看完一部爱情偶像剧的感觉，特别适合怀春少女及对爱情有憧憬的女性阅读。

B杜创作了一系列异国恋情N部曲，包括《法兰西情人》、《东瀛之爱》、《新西兰之恋》、《英伦玫瑰》、《爱在暹罗》、《情定布拉格》、《狮城情缘》、《爱上比佛利》、《梦回枫叶国》、《早安，欧巴》、《我在苏黎世等风也等你》、《迪拜公主的秘密情人》……等作品，欢迎关注。

Also by B杜

《我在蘇黎世等風也等你》（繁體字）Love in Switzerland（traditional character version）

《东瀛之爱》Love in Japan

《法兰西情人》Love in France

《英伦玫瑰》Love in England

《爱在暹罗》Love in Thailand

《情定布拉格》Love in Prague

《狮城情缘》Love in Singapore

《爱上比佛利》Love in Beverly Hills

《新西兰之恋》Love in New Zealand

《梦回枫叶国》Love in Canada

《早安，欧巴》Love in Korea